AMOR PROIBIDO

Kelly Castelli

AGRADECIMENTOS

Primeiramente quero agradecer a Deus por conseguir realizar mais um sonho em minha trajetória. Também quero expressar minha eterna gratidão para as três mulheres que são minha base, minha mãe Vera e minhas tias Célia e Rose, graças a elas que me tornei essa mulher batalhadora.

Outra pessoa na lista meu melhor amigo Fabio ao qual temos uma bela amizade há mais de 10 anos.

E por último meu amigo de longa data que gostaria de agradecer por ter realizado as capas dos meus livros M. Rodney que conseguiu tornar o que era imaginário real.

Capítulo 1

Respirei fundo. Estava no meu quarto e tinha acabado de arrumar a última mala. "Acredito que agora estou pronta para ir", pensei comigo mesma.

— Está pronta, Manu?

Olhei em direção à porta, era minha mãe, que carregava um olhar de tristeza por saber que sua filha ficaria um mês longe de casa.

— Claro, mãe.

Estava levando três malas, meu pai entrou para pegá-las e já desceu. Apanhei minha bolsa e coloquei no meu ombro esquerdo. Olhei para meu mural de fotos que ficava em cima da cabeceira da minha cama, essas várias fotos contavam uma história que tive a experiência de vivenciar, representavam memórias, cada momento desses na minha vida foi um aprendizado que vou levar comigo para sempre.

Fui para a porta, olhei mais uma vez para o meu quarto e saí. Meu pai já estava no carro. Entrei.

— Filha, tem certeza que vai ficar bem lá sozinha?

— Sim, mãe.

A mulher se afastou da janela e fiz o mesmo. Meu pai deu a partida e girou o volante.

Eu estava um pouco insegura por ficar um mês sozinha em uma casa numa cidade onde não conhecia ninguém. Estava indo para o interior de São Paulo, mais exatamente para Nazaré Paulista, onde meu pai tinha uma casa. Iria fazer um curso para aprender a pilotar jet ski, já que aqui na minha cidade não tem essa opção porque não tem um rio.

Desde pequena, eu e meus pais sempre íamos passar minhas férias no interior e íamos para a represa, onde eu via jovens pilotarem e achava bonito. Agora era a minha vez. Ia ser uma boa experiência, já que nunca tinha ficado sozinha, sempre com meus pais. Tenho certeza que no começo ia ser difícil, mas eu vou me acostumaria.

— Se eu e sua mãe não tivéssemos que trabalhar, poderíamos ficar lá com você.

— Pai, não se preocupe, vou ficar bem, não sou mais uma criança.

— Eu sei disso.

— Prometo ligar todos os dias para vocês.

— Eu sei que vai.

Na estrada, era um ou outro carro que passava, e quanto mais eu ficava longe de casa, mais dava um frio na barriga.

— Filha, qualquer coisa que houver, liga imediatamente.

— Pode deixar, pai, e só um mês.

— Para nós vai ser uma eternidade.

Eu tinha que enfrentar os monstros que havia dentro de mim, não podia deixar meu medo e minha insegurança falarem mais alto. Estava com medo, insegura, ansiosa, feliz... tudo ao mesmo tempo, eu havia contado os dias para chegarem minhas férias do trabalho e da faculdade para poder ir para o interior, mas, ao mesmo tempo, não queria. Sério, não consigo me entender, talvez nunca vá me entender.

Olhava para a janela, não tinha o que olhar, era só uma estrada com várias curvas e algumas placas falando "Curva perigosa, cuidado". Era só área verde, às vezes viam-se alguns sítios no meio do nada. Como uma pessoa conseguiria morar ali sem nada, onde só havia mato, sem vizinhos, mercados, hospital, pessoas para conversar, ver rostos novos, entre outros, e o trabalho? Deveriam ser todos aposentados, porque não vejo outra explicação.

— Sua mãe acha que você não irá conseguir ficar naquela cidade nem um dia.

— Eu não consigo mostrar para ela — falei firme.

— Se não conseguir não tem problema, ela te conhece muito bem.

— Ela também falou isso para mim várias vezes.

— Não ligo para ela, ela queria que você desistisse. Ela acha que isso é uma loucura. Sua mãe sendo ela. Se é o que você quer, vá fundo.

— Obrigada pelas palavras.

— Você pode ser uma garotinha, mas, no fundo, você é forte, uma mulher batalhadora.

— Sério, obrigada por tudo, pelas palavras, por te me trazido e me apoiado.

— É o meu papel. — Ele riu.

— É importante para mim.

— Agora me diga o que irá fazer o dia inteiro, já que sua aula é todos os dias de manhã... E o restante do dia, sem biblioteca (sei que ama ler), sem amigos para sair juntos, sem shopping e internet...

— Bom, tenho internet no meu celular e trouxe meu notebook comigo. E tem uma mala só de livros para eu ler que ainda não li por causa da correria do dia a dia.

— Então não vai faltar o que fazer.

— Não. Vou me ocupar bastante.

Passamos pela ponte de Nazaré Paulista. Definitivamente já estávamos no meu destino.

— Estamos quase chegando.

— Sim, eu sei.

Meu coração começou a acelerar, parecia que ia sair pela boca. Cada batida mais forte do que a outra.

— Está tudo bem?

— Sim, por que?

— Está pálida.

— Estou bem. — Sorri.

Já estávamos no centro da cidade. Ele virou à esquerda, entrou na segunda rua e desceu, parando em frente ao portão. Desci do carro, peguei a chave, subi os degraus da pequena escada que levava até a varanda e abri a porta da frente, colocando a mala que carregava no chão. Meu pai veio com as outras duas malas e entrou comigo.

A casa era pequena, tinha três cômodos: uma cozinha, meu quarto e o quarto dos meus pais. Estava tudo tampado com plástico para não pegar pó. A cozinha eu não ia usar, já que não sabia cozinhar, portanto ia deixar da mesma forma. Tinha trazido roupas, livros, notebook e algumas besteiras de comer.

— Olha, não é muito, mas...

— Não precisa, obrigada, tenho dinheiro.

— Aceita, Manu.

— Ok, obrigada, mas não precisava.

Ele tinha me dado o valor de R$ 230.

— Preciso ir.

— Vou te acompanhar até o portão.

Ele foi na frente e eu em sua retaguarda, nos despedimos e logo o carro dele sumiu de vista. O quintal tinha uma área verde com várias bananeiras e, na entrada, onde eu estava, havia um pé de goiaba.

Olhando para a árvore, lembrei de quando eu era criança e brincava com a Gabriela, Ana, José e o Caio. Eles eram meus vizinhos. José era o irmão mais velho de Caio. Ana morava na casa de baixo e Gabi, do outro lado da calçada. Às vezes vinha Karen, a menina da rua de trás, que era prima de Gabi. Todos subiam na árvore, menos eu, que tinha medo e sempre fui uma criança medrosa.

Eu queria saber onde andam esses meus amigos de infância... O que fazem da vida, como estão hoje...

Olhei para o relógio, eram 16h. Amanhã iam começar as aulas, a segunda estava animada. Decidi pegar uma vassoura e comecei a limpar começando pelo último cômodo, o meu quarto, que era pequeno, só tinha uma cama de solteiro, uma cômoda e uma televisão antiga. Abri a janela que estava fechada há anos. No quarto de casal, havia uma cômoda e uma televisão, esse quarto era maior, e por último limpei a cozinha. As paredes tinham cor de pêssego, precisavam de uma tintura nova, pois aquela estava velha e manchada.

Depois de arrumar a casa, limpei ali fora o que estava sujo, bem como a escadinha que estava com folhas caídas das árvores espalhadas pelo terreno. Fui tomar um banho, entrei e fechei os olhos, levantei meu rosto em direção da água, que estava quente e tão maravilhosa que eu poderia ficar ali o dia inteiro. Lavei os cabelos. Coloquei uma meia-calça preta e uma saia pouca acima do joelho preta com corações brancos. A blusa também preta de manga comprida, leve e com um decote que tinha várias tachinhas penduradas; meus cabelos castanho-escuros estavam soltos, e ondulados nas pontas. Passei um batom vermelho forte sangue-vivo. Passei rímel e um delineador. Saí de casa, passei pelo portão e comecei a subir a ladeira, que era enorme. Todo final de semana tinha música ao vivo na praça da cidade, além de barracas.

Cheguei cedo na praça, tinha poucas pessoas. Até me senti uma idiota, me arrumei tanto, pensava que era que nem as que eu ia na minha cidade, mas estava enganada. Sentei num dos bancos vazios. Olhei no relógio, eram 18h. Tinha um rapaz que me chamou a atenção, ele estava com outras pessoas. Uma mulher por volta de seus 40 anos, uma menina de tranças (devia ter seus 6 anos), um homem com mais ou menos a idade da mulher e uma idosa.

O rapaz me chamou a atenção por sua beleza. Ele era alto, magro, branco, e seu cabelo castanho-claro era liso. Ele usava uma jaqueta preta, calça jeans e sapato social. Seu nariz era comprido (a única coisa que não tinha gostado), mas isso era apenas um detalhe.

Devia ser sua família que estava com ele. Olhei para suas mãos, não era casado e não tinha anel de compromisso. Acredito que ele devia ser solteiro. Fiquei olhando-o. Quando ele me viu olhando para ele, eu sorri e ele desviou o olhar de mim. Ele olhou novamente e eu ainda estava sorrindo tímida. Ele sorriu para mim e voltou a olhar para a senhora com quem estava conversando. Dali a pouco olhou e deu uma piscada para mim e ficou sorrindo. Acredito que ele nem estava prestando atenção na senhora, o que ela dizia. Ele desviou dos meus olhos, olhou para a idosa e balançou a cabeça. As pessoas que estavam com ele entraram em um Celta vermelho de quatro portas que estava estacionado do outro lado da rua e foram embora. Ele acompanhou essas pessoas até o carro, mas não partiu com elas. Ele estava agora sozinho do outro lado da rua, me olhava e atravessou a rua. Meu coração acelerou. Ele vinha na minha direção.

Ele chegou perto de mim e eu me levantei.

— Vi que estava me observando.

Eu ri.

— Tem um sorriso bonito.

— Obrigada — falei tímida.

— Você é daqui?

— Não, só estou passando minhas férias aqui, e você?

— Estou a serviço.

— Trabalha do quê?

— Na verdade, é sobre negócios, é uma coisa chata de se falar. Reuniões em cima de reuniões.

— Se você gosta do que faz não se torna chato.

— Não foi isso que eu quis dizer. Para falar, entende? Eu amo fazer o que eu faço.

— Entendo. Ficará quanto tempo aqui?

— 1 mês, e você?

— 1 mês. Poderíamos ir a uma lanchonete?

— Sim.

Atravessamos a rua e viramos à direita. Entramos na lanchonete, não tinha nenhum cliente, o lugar era pequeno, com seis mesas. Sentamos no canto, só tinha nós de clientes. Veio uma menina loira com franja nos atender, devia ter seus 16 anos, era magra, branca, os olhos castanho-claros e usava um avental rosa-claro.

— Olá. O que vão pedir?

— Um café.

— E você, moça?

— Um cappuccino, com chantilly. Por favor.

— Volto em um minuto.

— Qual é seu nome?

— Desculpe, Renato, e você?

— Manoela.

— Manu.

— Sim.

Ele passou a mão no rosto e olhou para a toalha.

— O que houve?

— Nada. Apenas devia voltar para a minha realidade.

— O que quer dizer com isso?

— Apenas pensei alto demais. Você não vai pedir nada para comer?

— Não estou com fome, obrigada.

— Quantos anos você tem?

— 21 anos.

Ele riu.

— Quê?

— Parece ter 18 anos.

— Ainda bem que pareço mais nova, e não mais velha. E você?

— 32 anos.

— Gosto de homens mais velhos que eu.

A moça veio e colocou nossas bebidas na mesa.

— Geralmente quando saio com um cara ele pede uma cerveja.

— Não bebo. Não sou esse tipo de cara que você pensa. — Ele falou levando sua xícara até a boca, e eu fiz o mesmo.

— Há quanto tempo está aqui?

— Cheguei hoje.

Ele sorriu. Seu sorriso e sua risada eram tão maravilhosos.

— Não era para ter saído, era para ter ficado nos meus pensamentos.

— Não tem problema. Aliás, você que estava flertando comigo de longe.

— Sim, e na primeira vez você me ignorou. Por quê?

— Porque não tinha reparado em você. Eu não consigo explicar.

— O quê? — perguntei sem entender.

— Não consigo explicar como me encantei com você, nunca aconteceu comigo dessa maneira. É tão forte, foi amor à primeira vista. Nunca fiquei tão fascinado com uma mulher, eu não sei, mas você mexeu comigo de uma maneira inexplicável.

— Tudo tem a primeira vez.

— Não me leve a mal, mas eu não acredito no amor, para mim isso não existe pelo menos não no meu mundo.

— Como se chama o que está sentindo?

— Não sei.

— Amor. Por que é tão difícil lidar com isso?

— É complicado.

— Descomplique.

— Já disse. Vamos mudar de assunto.

— Sinto o mesmo que está sentindo.

Ele passou a mão nos cabelos e ficou cortando.

— Você é tímido e fofo.

— Não sou nada fofo.

— É sim... Já que quer mudar de assunto, aquelas pessoas que estavam com você são a sua família?

— Não, são meus amigos.

— Chegou quando aqui?

— Sexta à noite. Você disse que está passando suas férias nesta cidade. Tem parentes aqui?

— Não, estou sozinha, meus pais têm uma casa aqui. Decidi vir para cá e ficar um mês porque vou fazer um curso aqui e na minha cidade não tem; começa amanhã e será todos os dias de manhã durante um mês. Quero aprender a pilotar jet ski.

Ele riu.

— Do que está rindo? — falei nervosa.

— Dessa sua maluquice. Você é louca. Isso é perigoso! E seus pais, deixaram?

— Não, eles não gostaram, mas eu sou de maior e eu pago as minhas contas, então faço o que eu quiser.

— Olha a revolta e a rebeldia, não é mais uma adolescente para agir dessa maneira.

— Você perguntou e eu estou dizendo.

— Seus pais estão certos, é muito perigoso. Estou realmente preocupado.

— Olha, não precisa se preocupar, vou ficar bem, prometo.

— Isso não está nas suas mãos para conseguir prometer que vai ficar bem, exposta ao perigo.

— Podemos andar? — sugeri.

Ele riu.

— Sem rumo?

— Se você tiver sugestão melhor.

— Não.

Viramos a esquina, descemos e paramos em frente a uma árvore em um local escondido. Ele passou a mão no meu rosto e eu me encostei na parede. Ele olhou para os dois lados.

— O que foi?

— Nada.

— Mentira. Está preocupado com o quê?

— Já disse que nada.

Ele olhou para mim e fechou os olhos, e então aproximou seus lábios dos meus. Eu tive que tocá-los, tomar uma iniciativa, nossos lábios começaram a movimentar-se devagar. Eu passei uma das mãos no seu cabelo. Ele deslizou sua mão pelo meu corpo subindo e descendo.

Seu beijo era diferente de todos que já tinha experimentado, era tão devagar, frágil e doce. Ele me olhava como se eu fosse feita de vidro, seu toque era tão fraco e suave como seu beijo. Eu vi que tinha realmente me apaixonado por aquele lindo rapaz. Um amor à primeira vista, bobo. Mas eu não sabia quase nada — ou melhor, nada — sobre ele, apenas seu nome, e que estava ali naquela cidade a trabalho. Nossos lábios se encontraram, ele me olhou dentro dos olhos e beijou minha testa.

— Quando vai me ver de novo?

Suas palavras saíram quase como um sussurro.

— Pode ser às 14h, vou para o curso, acaba às 12h, ou você acha melhor à noite?

— À noite não; minhas reuniões do trabalho são à noite. À tarde está ótimo. Pode ser na praça?

— Sim.

— Até amanhã.

— Já tem que ir? — falei desapontada.

— Sim.

— Agora que a festa vai começar, são apenas 20h.

— Tenho que ir.

— Por quê?

— Minha reunião hoje começa às 21h.

— Pleno domingo, quem é que trabalha?

— Eu. Os negócios não podem esperar.

— Ok. Bom trabalho.

Ele não voltou por onde viemos. Em vez disso, foi outra subida, fiquei lá até ele chegar no topo e virar, e não mais o vi. Renato não olhou para atrás. Ele simplesmente foi embora sem dar um beijo de despedida ou olhar para trás para ver se eu ainda continuava lá no mesmo lugar onde ele me deixou. Respirei fundo.

Quem era esse rapaz misterioso eu não sabia, mas iria descobrir. E quem trabalha num domingo à noite para fazer reuniões não poderia reunir amanhã? Eu não conseguia acreditar nisso. Será que ele ia a outro lugar e não queria me dizer? Talvez ele fosse casado e só estivesse querendo um pouco de diversão. Queria muito acreditar nas suas palavras. Porque eu estava apaixonada por ele e não queria me machucar, mas eu dificilmente confio numa pessoa. Não conseguia tirar esses pensamentos da minha cabeça.

Subi a rua no sentido voltado para a praça. Quando olhei, a praça estava com muitas pessoas. No palco tinha duas duplas se apresentando e o público cantando junto. Passei direto, indo para a minha casa.

Capítulo 2

A primeira noite aqui foi difícil eu conseguir dormir, aliás, estava com medo, já que estava sozinha praticamente no meio do nada. O celular não pegava, pois ali era muito baixo e não havia quase sinal nenhum. Ouvia barulhos lá fora, meu coração batia forte, não via a hora de dormir para esquecer onde estava. Sem dúvida a pior parte daqui é a noite. Acordei às 6h, dormi muito pouco, arrumei a cama e abrir a janela.

Fui até lá fora, havia neblina e eu não conseguia enxergar nada. Entrei novamente e fechei a porta. Peguei a minha mala com comida na qual tinha uma variedade de besteiras (já que antes da viagem eu havia ido no mercado e comprado várias coisas que gostava). Peguei um salgadinho e refrigerante, depois comi uma barra de chocolate, com certeza iria engordar aqui em um mês.

Em seguida, coloquei uma calça jeans marrom, uma blusa de frio cinza de manga comprida toda detalhada de renda e uma sapatilha preta. Peguei uma pequena bolsa para colocar um caderno pequeno para o curso. A bolsa era preta com caveiras cinza, de pano (tinha outras que eu havia trazido: uma rosa, uma branca e uma vermelha). Saí e tranquei a porta, e a neblina já tinha passado.

Durante o trajeto para o curso, estava ansiosa e queria que fosse como imaginava, que eu me saísse bem. Para provar para todos que consigo. Parecia ser legal, ia ser uma aventura assim como estava sendo esta viagem.

Cheguei, era uma casa amarela grande com um enorme jardim. O portão estava aberto. Tinha um banner no portão onde estava escrito:

"Você que sonha em tirar sua carteira de motonauta/arrais amador, venha fazer o nosso curso!"

Entrei, o jardim era enorme, e do outro lado, ainda no jardim, tinha sete cadeiras brancas, e na frente uma lousa branca pendurada na parede. Tinha três rapazes sentados na cadeira, me sentei longe deles. Eles ficaram me encarando.

Será que minha aparência estava tão feia assim, com cara de sono pela noite maldormida? Fiquei preocupada.

Chegou um rapaz, que cumprimentou os meninos. Depois dirigiu a palavra para mim:

— Olá, prazer, sou o instrutor Carlos. Você é a Marcela, ou Manoela.

— Manoela. Por quê? Só tem essas duas opções?

— A turma é pequena, formada apenas por sete pessoas: duas garotas e cinco garotos. Prazer, Manu, seu rosto é desconhecido.

— Eu não sou daqui, conversamos pelo telefone.

— Sim, lembro. Onde mora?

— Guarulhos. Conhece?

— Já ouvi falar, mas nunca fui lá. Espero que goste do curso.

Chegou uma menina, de pele negra, seu cabelo era curto, ela usava um batom vermelho e uma faixa amarela no cabelo. Ela sentou ao meu lado e abriu um sorriso.

— Marcela? — perguntou Carlos.

— Sim.

— Seja bem-vinda, sou o professor.

Logo chegaram os outros meninos, que estavam de boné.

— Vamos começar a aula. O curso teórico de vocês é de dois dias e a prática é três semanas. E por último, fazem a prova para conseguirem a habilitação pela Marinha. Não tem muito o que dizer, vocês vão ter que ler a apostila para adquirir conhecimento e não perder muito tempo. Porque vocês têm que ler para saber, fazer a prova, responder as questões, senão vocês serão reprovados, e sei que ninguém quer isso. Vai ter outro professor, o Luiz, nas aulas práticas. As práticas são individuais, então temos que marcar, a cada dois alunos um fica comigo e o outro com o Luiz. Bom, para pilotar um jet ski ou uma lancha tem que ter cuidado, pois é como se fosse um carro ou moto. Todo cuidado é pouco. Para a segurança de vocês, tem que usar o colete salva-vidas, seja aluno ou habilitado, isso é obrigatório para sua própria segurança, pensa no colete como se fosse o cinto de segurança de um carro.

Carlos devia ter seus 38 anos, ele era branco e careca, usava óculos e era alto. Já os meninos da sala deviam ter seus 18 a 26 anos.

Fui para a mesma lanchonete de ontem na qual estive com o Renato. A menina loira estava sentada com uma senhora, me sentei em uma das mesas. A menina levantou e veio até mim.

— Olá. O que vai pedir?

— "Petti garto". Acho que falei errado.

— Sim, falou, mas não esquenta, não. A maioria das pessoas fala "petti garto". Qual sorvete?

— Flocos.

— Um instante.

Olhei para a tela do celular. Sem ligações perdidas e nenhuma mensagem nova. Acredito que já estava na hora de ligar para minha casa. Disquei o número de casa. Mas logo desisti, apaguei o número e coloquei o celular em cima da mesa. Olhei para o local, do qual pude perceber mais detalhes: as paredes eram rosa com alguns quadros pendurados, um deles tinha o fundo azul e o desenho de um cupcake rosa. No canto tinha um espelho antigo com uma mesa de mármore. E, de lado, uma porta onde era o banheiro.

A menina voltou e colocou o prato na mesa.

— Alguma bebida?

— Um café.

— Está aqui, moça.

— Obrigada.

Ela se virou e eu a chamei.

— Qual é o seu nome?

Ela olhou para trás e sorriu.

— Juliana.

— Prazer, sou Manoela.

Ela se aproximou de mim e perguntou curiosa:

— Nunca te vi aqui. As pessoas que moram aqui, conhecemos todas elas. Você é de onde?

— Guarulhos. Conhece?

— Não, nunca ouvir falar.

— Normal. Quando eu era pequena, eu vinha para cá passar as minhas férias com meus pais. Talvez meu pai conheça seus pais e seus avôs. Meu pai se chama Michel.

— Vou dar uma perguntada. Minha avó é aquela senhora que está sentada comigo.

A menina correu e trouxe a mulher. Ela devia ter seus 60 anos, usava óculos, era loira, mas tinha alguns cabelos brancos.

— Oi, minha neta falou que você é filha do Michel. Prazer. Eu o conheço, ele é amigo do meu marido. Como ele anda?

— Bem. Trabalhando muito.

— Nossa, como você está bonita! Lembro de você quando era pequena. Está tão parecida com ele.

— Obrigada — falei tímida.

— Você me dá licença? A cozinha me espera. —Falou a senhora e tocou na minha mão.

— Fica à vontade — falei.

— Você nasceu aqui?

— Aqui não, em Atibaia, mas sempre morei aqui. Tem quantos anos?

— 21 anos, e você?

— 15. Farei 16 no final do mês.

— Senta aí — disse apontando para a cadeira vazia na minha frente.

— Tem certeza? — ela disse surpresa.

— Sim. Por que o espanto?

— Não vou te incomodar?

— Claro que não, nosso papo está bom.

Ela sorriu e sentou.

— Você faz o que aqui?

— Estou de férias no serviço e na faculdade, meu pai veio me deixar, ele tem uma casa aqui. Vou tirar minha carteira para pilotar jet ski.

— Nossa, que legal, você é corajosa, minha mãe jamais deixaria, é tão perigoso! E eu tenho medo.

— Você...

— Estou no 2º ano do ensino médio, de manhã, e depois trabalho aqui ajudando a minha avó.

— Bacana.

— Trabalha de quê?

— Sou recepcionista de uma imobiliária.

— E a facu?

— Radiologia. Você já tem em mente o que quer fazer?

— Ainda não.

— Ainda está cedo, não se preocupe.

Olhei o relógio, eram 14h10.

— Nossa! Preciso ir embora, estou atrasada. Podemos conversar depois?

Levantei da cadeira. Pegando minha bolsa e colocando no ombro, dei meu cartão.

— É débito.

— Coloque a senha.

— Claro.

Depois ela sorriu e devolveu meu cartão.

Saí correndo e olhei para a praça. ele estava encostado na árvore. Eu atravessei a rua e fui na sua direção.

Ele sorriu.

— Desculpe o atraso — falei eufórica.

— Pensei que você não fosse aparecer. — Seus olhos pendiam para o chão.

— Lógico que eu iria vir. Apenas acabei perdendo a hora.

Ele olhou dentro dos meus olhos e sorriu:

— Fico feliz que esteja aqui comigo. — Pegou a minha mão e a beijou.

Logo ele olhou surpreso e a largou. Olhou para os lados, mas estava vazio, só tinha nós dois outra vez.

— Vamos, meu carro está ali do outro lado da calçada.

Caminhamos lado a lado. Ele abriu a porta para eu entrar e em seguida fechou. Era um Uno preto de quatro portas modelo novo. Olhei para trás, no banco tinha um paletó marrom jogado. No espelho que ficava na frente, no meio, tinha um terço branco pendurado. Toquei na cruz onde tinha Jesus Cristo e apertei. Eu fiquei surpresa de ver, mas ao mesmo tempo fiquei feliz de ele ser da mesma religião que eu, católica.

— Isso é maravilhoso — falei demostrando felicidade.

— Do que está falando?

— Você é católico, também sou.

Ele apenas deu um sorriso de leve.

— Não ficou feliz como fiquei.

— Cada um demonstra de sua maneira. — Ele engoliu em seco.

— Os caras que conheci nunca eram católicos, geralmente sem religião.

— Vou te levar para um lugar.

— Onde?

— Surpresa.

Ele desceu na primeira à esquerda e entrou numa rua de terra. Estávamos perto da represa, onde costuma ficar bastante gente nadando. Hoje só tinha alguns jovens ali. Ele virou. Cada descida dava no mesmo lugar na represa, era um trecho curto e só dava para descer a pé. Ele parou longe.

Descemos, ele abriu o porta-malas, pegou uma cesta e uma toalha branca. Em seguida seguiu para o mato, pegando uma pequena descida. Fui atrás dele.

— Por que parou o carro tão longe?

— Não queria ficar perto daqueles adolescentes.

— Mas tinha outras descidas. Quase praticamente terminou a rua.

Achei aquela atitude estranha. Era como se as pessoas não pudessem saber que estávamos ali, deveríamos ficar escondidos.

— Não vi nada de mais — falou dando de ombros.

Ele abriu a toalha, colocou no chão e sentou. Sentei ao lado dele.

— Vamos fazer um piquenique? — Eu ri.

— Não gostou? — Sua voz parecia preocupada.

— Gostei.

— Queria apenas ser criativo.

— E foi. Me surpreendeu.

Ele beijou meus lábios. Eu estava tão ansiosa. E quando ele me beijava parecia que o mundo parava, o tempo, seu beijo o gosto dele calmo e suave passava por todo o meu corpo, o que me fazia desejá-lo mais ainda, somente para mim mesma.

Ele abriu a cesta, que era média, tirou um saco de pão de fôrma, um pote pequeno, duas embalagens de padaria nas quais li os nomes de presunto e muçarela. Ele foi colocando em cima da toalha. Tirou duas caixas de suco de um litro, um era de morango e outro de maçã, dois copos descartáveis e um pote médio de tampa laranja.

— Pronto, nosso piquenique está formado.

— Você é fofo.

Ele fez de conta que não ouviu. Abri o último pote que ele colocou.

— Esta é a surpresa — falou.

— É bolo do quê?

— Mandioca. É bom, você vai gostar. Fui eu que fiz.

— Você cozinha?

— Sim, adoro cozinhar.

— Eu sou péssima na cozinha, um verdadeiro desastre.

— Então você é um perigo na cozinha.

— Bem isso.

— Você é divertida, gosto disso.

— Obrigada, gosto de você.

Toquei na sua mão. Ele pegou minha mão e a beijou novamente. Seus olhos eram tão doces. Olhei para a toalha cheia de comida.

— É bonito.

— Sirva-se primeiro, por favor.

— Este pote pequeno é o quê?

— Patê, eu também fiz.

Peguei uma fatia de pão de fôrma e coloquei uma fatia de presunto e outra de queijo. E um copo de suco de morango.

— Não quis experimentar o meu maravilhoso patê... — Sua voz era de decepção.

— Não quero, obrigada.

Ele ficou olhando eu comer.

— Não vai comer?

— Não estou com fome.

— Nossa, poderia me acompanhar.

— Fiz para você.

Ele apenas tomou um suco de maçã.

— Isso não tem graça, eu comer sozinha — choraminguei.

Ele riu.

— Tem sim. Da outra vez eu prometo que irei comer.

— Vai ter a próxima?

— Sim, só se você não quiser.

— Claro que eu quero.

— Então está combinado.

— Me avisa que assim trarei alguma coisa.

— Não precisa, sua boba, senão não vai ser surpresa.

Ele se aproximou e beijou meu nariz.

— Não sou boba, tá?

— É sim, minha bobinha.

Olhei à nossa volta, só tinha a gente, não ouvi o barulho do nada, só quando passava algum carro na rua. A represa estava vazia. O céu estava azul-claro e o sol tinha aparecido, portanto esquentou. Pensei que só iria ficar frio. Peguei um pedaço de bolo de mandioca, mordi um pedaço e o restante levei para a boca dele.

— Sou um bom cozinheiro.

— Não dá para saber, experimentei só o bolo.

— Então amanhã vamos almoçar juntos. Eu irei fazer a comida. E você me dá sua opinião.

— Pode ser.

— Amanhã eu te busco no mesmo horário e vou levá-la na casa onde estou ficando.

— Você divide a casa com alguém?

— Não, a casa é de um amigo, ele me emprestou, já que não está usando no momento. Você vai gostar.

— Mal posso esperar — falei animada.

Ele riu.

— Sério? Quero provar o sabor de sua comida.

— Por favor, depois que comer fale a verdade para mim, amanhã, se sou bom na cozinha.

— Pode deixar, serei sincera com você.

— É pra ser mesmo, não quero que me agrade.

— Já entendi — falei, e dei um tapinha no seu braço.

— Não me bate. Vou gritar que estou sendo agredido pela minha namorada.

Eu olhei séria para ele e dei um sorriso, que escapou dos meus lábios, quando ele falou a palavra namorada.

— Eu sou?

— Não gostou? — perguntou confuso.

— Claro que gostei, seu bobo.

Ele se levantou, tirou a camiseta e jogou do meu lado. Em seguida, tirou o chinelo e ficou só de bermuda. Pegou uma de minhas mãos e a puxou.

— Vem.

— Para onde?

— Ali. — Apontou para a represa.

— Não — falei em desespero.

— Você vai sim.

— Eu não sei nadar, não posso entrar ali — falei ainda desesperada.

Comecei a chorar feito uma criança. Ele respirou fundo, se abaixou, ficando a alguns centímetros do meu rosto. Pensei que ele fosse me beijar, mas não o fez.

— Confia em mim. Ficarei te segurando com os dois braços em volta de você, não descuidarei de você um segundo.

— Tenho medo — saiu como um sussurro.

— Não precisa, estou aqui. — Ele sorriu.

Ele se levantou. E outra vez pegou na minha mão. Eu levantei e fui em direção da água. Quando estava tão perto da água, eu não dei um passo.

— Não posso. — Falei olhando toda aquela água da represa.

— Você vai ficar bem. Eu prometo

— Eu aprendi algo com você. Não se deve prometer algo que não está ao seu alcance, se vai ficar bem. Porque não está no seu controle.

Ele pareceu refletir sobre o que eu disse.

— É diferente.

— Como?

— Não é perigoso.

— É sim. Pelo fato de não saber nadar.

— Você estava se saindo tão bem. Um passo e você estará sentindo a água nos seus pés. Deixe sentir a sensação, não vamos para o fundo, ficaremos aqui no raso. Não colocarei sua vida em risco.

Dei um passo à frente. Ele ficou ao meu lado e me deu a mão. Eu estava insegura. Fomos entrando cada vez mais naquelas águas. Ele ficou na frente, seus braços em volta de mim.

— Está tudo bem?

— Estou desconfortável.

— Vai passar.

Ainda estava com medo. Fiquei olhando à minha volta, estava preocupada, não conseguia me concentrar em nós.

— Já basta, por favor, vamos sair daqui. Não me sinto bem.

— Está tudo bem. Você foi bem por hoje.

Sentamos onde estávamos antes. Fiquei olhando a represa.

— Desculpa, não devia ter te pressionado tanto.

— Não foi você. Apenas queria que eu perdesse esse medo. Obrigada. Aos poucos eu consigo.

— Como você quer pilotar jet ski sendo que tem medo de água?

— Não é medo de água, eu não sei nadar. É diferente, com jet ski eu estou em cima da água com um equipamento que me separa dela.

— Mas pode se desequilibrar e cair.

— Não vai acontecer, vou ter cuidado.

— A questão é que você vai aprender, então é normal.

— Não é não. É a mesma coisa, então para eu aprender a dirigir vou bater o carro?

— Já vi que não vou ganhar a razão sobre esse assunto. Vamos mudar, então. Você deve ter passado alguma coisa em relação a isso para ter esse trauma.

— Sim, foi na minha infância, devia ter meus 7 ou 8 anos. Fui num passeio da escola a um clube onde tinha quatro piscinas. Uma de crianças, uma rasa, uma média e a última funda. Estava na das crianças, e vi um menino da minha sala entrar na funda. Mas ele saiu rapidamente, e lá estava vazio. Então eu pensei, se ele pode ir naquela piscina, eu também posso, então entrei nela, mas estava tendo dificuldade de conseguir deixar minha cabeça para fora da água, parecia que tinha algo me puxando para baixo, e eu tentando resistir. Estava passando um casal de idosos e viu meu desespero. O senhor que me tirou e falou: "Não entra mais aí, menina, esta piscina é para adultos, não é local para crianças brincarem, é perigoso". E saí correndo indo para a das crianças, estava tão assustada com a situação e com aquele idoso que nem agradeci por ter me tirado de lá. Se não fosse ele aparecer naquela hora, poderia estar morta. Fiquei com muito medo, foi tão rápido, meus pais não sabem sobre isso. Teriam brigado comigo.

— Que bom que tudo deu certo no final. Só entraremos ali quando você estiver preparada.

— Obrigada.

— Pensei que você fosse gostar.

— Está tudo bem, não se preocupe.

Levantei, olhei para o relógio, eram 10h, dei um pulo de susto, tinha perdido a hora. Peguei meu celular, ele estava descarregado. Troquei de roupa e subi. Estava abrindo o portão quando alguém falou comigo:

— Bom dia.

Olhei para o lado esquerdo, tinha um rapaz atrás da cerca, que era alta.

— Nossa, quanto tempo! — Ele falou surpreso.

— José, te digo o mesmo!

— Não tinha te reconhecido de costas.

Ele estava mais alto que da última vez que o vi. Ele é moreno claro, cabelos negros cacheados médios. Seus olhos eram negros, ele tinha a barba por fazer e estava usando uma roupa velha.

— Sua beleza só aumentou.

— Obrigada.

— Pensei que nunca mais fosse te ver novamente. — Ele olhou para o chão.

— Credo, até parece que morri — falei rindo.

— Porque você tinha parado de vir com seus pais. Outro dia perguntei de você para a sua mãe e ela falou: "Manoela não tem mais interesse de vir para cá, ela se cansou deste lugar". Isso me deixou chateado, você tinha amigos aqui.

— Tinha não, eu tenho, porque ainda gosto de vocês.

— E por que parou de vir aqui? — Seu olhar era de tristeza.

— Problemas.

— Sua mãe tinha deixado bem claro. Mas, mudando de assunto, está passeando?

— Estou passando minhas férias aqui, vou tirar minha carteira de motonauta.

— Uau! Realmente estou surpreso. Aprendeu a nadar?

— Não.

Ele riu.

— E como estão todos?

— Bem. E sua família, está bem?

— Sim.

— E o Caio?

— Casou.

— Sério?

— Sim.

— Que bom.

— Tem alguns meses. Foi difícil me acostumar, sempre íamos juntos para todo canto. Fiquei chateado.

— Faz parte.

— Agora quase nem nos vemos.

— Ele tem filho?

— Não. Está namorado?

— Estou conhecendo uma pessoa. E você?

— Solteiro.

— Você está com quantos anos?

— Você não lembra? Sou mais velho que você quatro anos, então tenho 25 anos, e você e Caíque têm 21 anos, a mesma idade.

— O que fez durante esse tempo todo?

— Sou professor de educação física.

— Tem falado com as meninas que andavam com a gente?

— Não, quando vejo só cumprimento. Não tinha muita amizade com elas, era somente você.

— Quero ver.

Ele passou a mão no queixo, aquilo me preocupou.

— Quem exatamente?

— Gabi, Anna e a Karen.

— Missão impossível. A única que está a seu alcance é a Gabi, que ainda está aqui.

— O que houve com elas? — Minha voz saiu trêmula.

Ele saiu e, quando eu fui reclamar, José apareceu no meu portão. Ele ficou na minha frente e me abraçou.

— Como estava com saudades! Pensei que eu nunca mais fosse te ver.

— E as meninas?

Ele se afastou de mim e olhou para o meu rosto.

— Ana se mudou não sei para onde.

— E a Karen também se mudou.

Ele passou a mão nos seus cabelos cacheados.

— Faz 3 anos que ela faleceu.

— O quê?! — Meus olhos encheram de lágrimas.

— Ela foi morta pelo ex-namorado aos 18 anos. Ele é um louco doente, não aceitava um "não" como resposta, ele era muito ciumento. Quando fiquei sabendo, chorei muito. Eu e Karen já fomos namorados. Mas eu acabei terminando com ela, eu não queria uma garota do meu lado que lembrava de você, eu queria te esquecer, eu tinha que virar a página não tendo mais a Karen na minha vida; namorar com ela foi um erro.

"Quando fui ao velório, o pai dela disse que eu não devia estar ali, que eu tinha machucado a filha dele. E se eu não tivesse terminado com ela, ela ainda estaria viva. Até hoje penso no que ele disse, e ele tem razão. Assim que ele falou, eu saí de lá. Depois que a enterraram, fui até seu túmulo e perdi perdão por tudo."

— Isso se chama remorso. Nossa, ela tinha uma vida toda pela frente. Você a viu dentro do caixão?

— Não, teve que ficar lacrado. Disseram que estava muito feio para mostrar.

— Nossa, tadinha, ele a machucou muito.

— Sim. O que me deu raiva é que ele pagou fiança e responde em liberdade. Mas eu esperei aquele infeliz sair da delegacia, ele andou um pouco e eu lhe dei uma bela surra. Ele ficou com o olho roxo. Ele também me bateu, mas faz parte; merecia a morte e ainda é pouco.

— Fiquei tão triste, por essa eu não esperava.

— Eu nunca deixei de te amar.

Fiquei surpresa pelas palavras, já que ele falou de outra coisa completamente diferente.

— Olha, éramos crianças. Não sabíamos o que era o amor, o que eram sentimentos. Crianças são inocentes, só querem fazer coisas de adultos.

— Não vejo dessa forma, crianças são, sim, inocentes, são puras. Quer dizer que nosso namoro foi bobo?

Havia decepção no seu olhar.

— Olha, me desculpa, mas sim , éramos crianças, não sabíamos o que queríamos.

— Diga somente por você. — Seu tom de voz era de raiva.

— Eu tinha 12 anos e você, 16.

— Nosso primeiro beijo foi quando você tinha 10 anos.

— Sim, lembro. Com 12 anos começamos a namorar, mas vamos esquecer essa parte e só lembrar de nossa amizade.

— Apenas tenho que ir.

— Calma, espere.

Segurei-o pelo braço, ele olhou dentro dos meus olhos e eu o soltei.

— Não queria te magoar e nem te dar esperanças.

— Já entendi, senhorita Manoela.

— Não fala dessa maneira.

Ele saiu sem olhar para trás. Meus olhos encheram de lágrimas, não o queria ferir, mas as palavras foram cuspidas, o que não significou nada para mim. Respirei fundo e fui para a praça.

Seguir a rua reta passando pela praça, escola e outros estabelecimentos. Estava em frente ao cemitério, o portão como sempre aberto. A aparência por fora estava feia, o muro azul desbotado precisava de uma pintura. O portão estava enferrujado. Era um lugar esquecido e parecia abandonado. Para mim, não fazia sentido ir visitar alguém nesse lugar porque não dava para ver a pessoa que amava; você via uma pedra, e isso era tão frio.

Eu estava magoada e chateada. Como um ser humano consegue ser tão cruel com outro, sendo que as pessoas têm liberdade para fazer suas escolhas? Mas ela não teve, pois foi morta. Se ela ainda estivesse com ele iria continuar sofrendo, e seria uma pessoa infeliz. Mas continuaria viva. Esta é a questão: até onde podemos suportar para continuar vivendo? Qual é o limite que cada um de nós tem? Ela sofreu, mas pelo menos acabou seu sofrimento, será que ela se sente aliviada? Ou queria continuar lutando cada dia pela sua vida? Se José não tivesse sentimentos por mim seria tudo mais fácil, ele ainda estaria com ela e o mais importante, ela estaria viva e feliz. E nunca teria conhecido esse mostro. José foi um idiota por não ter dado oportunidade para Karen, mas entra a seguinte questão: ele não queria magoá-la; foi o mesmo gesto que fiz com ele, não queria machucá-lo. Lidar com nossos sentimentos é algo extremamente complexo de entender, e as pessoas ao nosso redor também.

Respirei fundo e entrei, não tinha ninguém, era um cemitério pequeno, tinha várias sepulturas, andei entre os corredores, tinha os nomes completos e as fotos das pessoas que descansavam ali. Estava deserto, cadê as pessoas que cuidavam daquele local? Parecia realmente abandonado.

Começou a ventar e as folhas começaram a cair. Finalmente achei a sepultura da minha amiga, era no final de um dos corredores, passei a mão, tinha flores em cima do seu túmulo, que era recente. Havia uma frase em escrita embaixo do seu nome:

"Você foi um pouco de tudo para nós, filha: neta, prima e amiga. Sempre levaremos você em nossos corações. Descanse em paz."

Foi inevitável as lágrimas começarem a descer.

— Queria que estivesse viva — sussurrei.

Enquanto caminhava em direção à praça, Renato já estava ali, ele veio na minha direção andando mais rápido do que eu.

— O que houve? — Ele tocou no meu braço.

— Nada, estou bem.

Ele rapidamente tirou sua mão do meu braço e olhou para os lados. Parecia preocupado se alguém viu o seu gesto. Mas isso poderiam ser coisas da minha mente. Não me arrisquei.

— Se não quer falar, não vou forçar. Como foi a aula hoje?

— Acabei perdendo a hora.

Caminhamos até seu carro. Ele abriu a porta para eu poder entrar. Eu devia estar preocupada, porque ele talvez quisesse algo a mais hoje. Respirei fundo e mexi nos meus cachos. Ele saiu do carro para abrir o portão. Olhei a casa, era uma mansão enorme. Fiquei surpresa, esperava algo simples. Saí do carro e subimos as escadas. Estava tudo limpo e organizado. As paredes eram brancas, tinha quadros de santos pendurados pela casa toda, o primeiro que vi era de Nossa Senhora de Aparecida, logo do lado outros como da Virgem Maria etc. Olhei cada um no final do corredor, tinha uma imagem média de Jesus Cristo na cruz.

Na sala tinha lareira e um tapete vermelho-vivo no chão de veludo.

— Esta mansão é enorme e muito bonita. Parece cenário de filme!

Ele ficou sem graça.

— Vamos almoçar.

— Seu amigo é rico.

— Venha até a cozinha.

Acompanhei ele.

— Parece um museu, vi que seu amigo é muito católico.

— Sim.

— Aqui está parecendo uma igreja. Só faltaram os bancos de madeira e o padre.

Ele pareceu assustado com as coisas que falei.

— O que foi? Falei algo de mais?

— Nada. Você não para de falar. — Ele riu.

— Desculpe.

Sentei à mesa. Já estava tudo pronto. Ele tinha feito lasanha, carne assada e suco de laranja natural.

— Nossa, está tudo lindo.

— Obrigado. Por favor, experimente.

Levei uma garfada à boca.

— Está uma delícia! Cozinha melhor do que eu, devo assumir.

— E ainda tem a sobremesa.

— Você quer me engordar?

— Não, só provar que sou um bom cozinheiro. De sobremesa tem mousse de maracujá.

— Nossa, eu amo.

Ele pegou uma colher de mousse e levou em direção à minha boca. Depois que terminamos, retirou os talheres e os pratos da mesa e levou até a pia.

— Eu lavo a louça.

— Não, você é minha convidada, vá para a sala.

— Já que insiste...

Na sala tinha uma estante de livros. Já que sou apaixonada por livros, me aproximei. Olhei, eram só livros religiosos. Antigo Testamento, Novo Testamento, livros escritos por padres, várias Bíblias... E vi um treco pendurado, toquei no terço, mas rapidamente tirei minha mão. Ouvi uma voz atrás de mim:

— O que está fazendo?

— Você me assustou! Seu amigo é executivo ou padre?

— Não pensei que faria tantas perguntas. — Sua voz tinha um tom sério.

Ele pegou minha mão e sentamos no sofá, parecia que ele não queria responder nenhuma de minha perguntas, que estava incomodado com elas. Mas por que? Qual seria a razão?

— Sou uma pessoa curiosa.

— Percebi. Apenas não me faça me arrepender de ter trazido você aqui.

— Eu pensei que não fosse nada de mais.

Ele colocou um filme de romance para assistirmos. Peguei na sua mão e nos beijamos. Meu celular começou a tocar, peguei o aparelho e vi um número desconhecido, resolvi anteder.

— Alô.

— Manoela?

— Sim.

— Sou eu, José.

Quando ouvi seu nome me afastei de Renato e fiquei de pé andando de um lado para o outro.

— Como conseguiu meu número?

— Pela sua mãe. Desculpe por hoje, sou um idiota.

— Está tudo bem.

— Te chamei em casa, mas você não estava. Podemos nos ver agora?

— Não, estou ocupada.

— Então amanhã...

— Pode ser depois da minha aula.

— Ok, boa noite.

— Boa noite.

Ele se aproximou de mim.

— Quem era?

— Um amigo. Ao contrário de você, eu respondo as perguntas, não tenho nada a esconder.

— É complicado.

— Não vou voltar para o mesmo assunto, eu vou respeitar. Quando tiver pronto, você irá dizer.

— Vamos mudar de assunto. Porque não quero brigar com você.

— Concordo.

Ele me pegou no colo e me jogou no sofá, ficando em cima de mim. Seus lábios me beijando. Ele olhou para mim e passou a mão no meu rosto.

— Eu não quero te esquecer.

— Não precisa.

Ele sorriu.

— Tenho medo de ter perder, porque sei que não é para mim.

— Você não irá me perder.

Seus olhos eram de tristeza, e deu um beijo na minha bochecha.

— É tão linda e ingênua, minha doce.

Ele me deixava insegura quando começava a falar essas palavras, porque eu não sabia o significado e o peso que elas tinham e sua preocupação. Ele saiu de cima de mim e foi para o quarto, acompanhei seus passos. O quarto era enorme e a cama era de casal.

— Bonito quarto.

— Aqui tem vários quartos, no total são quatro quartos, se quiser dormir aqui, pode escolher um. Sem contar que é perigoso você ficar naquela casa sozinha sem nenhuma segurança.

Sentei na cama, o colchão era fofo e gostoso.

— Vou dormir aqui.

— Aqui é meu quarto.

— Por isso mesmo.

— Ok, se quiser.

— O que foi?

— Não trouxe pijama.

— Pode dormir com essa roupa mesmo, não vou me importar. Agora preciso ir trabalhar, daqui a pouco estou de volta.

Ele começou a se arrumar, tirou a camiseta que estava usando e pegou uma camisa social. Eu ainda continuava sentada na cama observando.

— vai ficar parada ai me olhando...

Ele estava vendo meu reflexo no espelho. Dei de ombros.

— Está chateada comigo?

— Não, estou pensativa.

— No que está pensando? Posso saber?

— Depois de um mês, eu voltarei para a minha cidade e para a minha rotina, e você também. E nós?

Ele rapidamente parou de olhar para mim pelo espelho e olhou pela janela, caminhando até ela. Parecia que o tinha o tocado, ele parecia distante, pensativo sobre o assunto, ou melhor, qual resposta me daria. Ou ele simplesmente fez de conta que não ouviu. Levantei e caminhei até a sua direção, toquei no seu braço com as pontas dos dedos. Estava com medo que ele estivesse pensando que eu estava invadindo o seu espaço.

— Você ouviu a minha pergunta?

— Sim, claramente. — Sua voz era suave e calma.

O que me deu um alívio, não sabia qual seria sua reação.

— Olha, Manu, eu não sei, apenas vamos ver o andamento até o final do mês.

Apenas balancei a cabeça.

— Preciso ir trabalhar.

Passei a mão nos meus cachos. Precisava descobrir o que Renato estava me escondendo, parecia tão óbvio, mas eu não conseguia ver, estava cega, como se fosse algo que eu não quisesse aceitar. Mas, seja lá o que fosse, eu estava determinada a descobrir. Andei pela casa e achei estranho não ver nenhuma foto do dono da casa que seria o amigo dele, somente santos, estátuas, quadros, terços, Bíblias, livros religiosos... tudo o que eu já tinha visto. Rodei e rodei a casa duas vezes e nada concluído. Sou uma péssima detetive, admiti para mim mesma.

No meio da sala tinha os dois sofá e o tapete vermelho no chão. Fui até o local e o enrolei (era pesado!) até ver o chão feito de madeira e lá também não tinha nada. Me revoltei comigo mesma. Estava vendo filmes demais, para aplicar isso na realidade. Coloquei o tapete de volta no seu devido lugar e resolvi me distrair.

Acordei com o celular tocando. Olhei para o outro lado da cama e não tinha ninguém, fiquei espantada. Era de manhã, ele deveria estar dormindo, levantei e me arrumei.

Ele estava deitado no sofá vendo televisão. Mas não era um filme e nem um noticiário, o que me deixou surpresa, pois ele estava vendo uma missa.

— Bom dia — falei me aproximado dele e lhe dei um selinho.

— Bom dia, preparei o café da manhã.

— Vamos comigo.

— Já tomei.

— Pensei que a hora que eu acordasse, você seria a primeira coisa que eu iria ver, que você ainda estaria dormindo e eu iria ficar te admirando. Mas não, você está aqui sozinho.

— O que está havendo entre a gente não vai ser um conto de fadas como vemos nos filmes. Não sou acostumado com esse tipo de coisa. Eu sou solitário. Então não me peça para fazer algo que é contra quem eu sou, aliás, desde quando te conheci não consigo ser eu mesmo. Quero ser algo que não posso ser. Eu não quero brigar com você.

— Não estamos brigando, estamos apenas conversando.

— Já tivemos esse tipo de conversa antes, lembra?

— Vi no primeiro dia que nos conhecemos. Eu preciso ir para o curso.

— Apenas tome o café antes.

— Não estou com fome, obrigada.

— Nos veremos hoje?

— Sim, no mesmo lugar e na mesma hora.

— Ei.

Olhei para trás.

— Boa aula.

Ele agia estranho. Uma hora parecíamos ser um casal completamente apaixonado passeando juntos e outra hora parecíamos ser totalmente desconhecidos, da maneira fria dele, querendo me afastar; eu não entendia o sentido daquilo.

Quando cheguei ao curso, Carlos olhou para mim, sorriu e falou:

— Pensei que tinha desistido.

— Não. Isto é meu sonho.

Ele riu.

— O que eu perdi?

— Hoje vamos para a represa.

— Já?! — falei surpresa.

— Você ainda não se sente preparada?

Ele se aproximou de mim e tocou no meu braço. Eu me afastei negando, porque ele tocou na minha pele.

— Desculpe se invadi seu espaço, não quis causar essa impressão.

— Está tudo bem, apenas não faça mais — falei um pouco nervosa.

Ele riu.

— Do que está rindo?

— Pelo jeito seu namorado é muito ciumento.

— Eu não tenho namorado.

— Sério?

— Por que a surpresa?

— Você é uma mulher tão bonita. Fico admirado.

— Eu estou conhecendo uma pessoa, mas...

Me toquei que eu estava falando para ele algo que interessa somente a mim mesma, sendo que nem éramos amigos.

— Mas o quê?

— Nada, falei demais.

— Pode falar, fica só entre nós, se for esse o problema.

— Eu acho que ele não está interessado em mim.

— Se ele não estiver, ele realmente é um idiota.

Eu apenas dei de ombros.

— Se ele não quiser, estou na fila.

Ele riu.

— Não tem ninguém nessa fila.

— Pare de besteira.

— Cadê os outros alunos?

— Lembra que em aula prática são dois alunos para cada professor? Agora é aula individual. Eu sou com você e o Luiz com a Marcela, nesse horário. Vim para cá por causa de você, já que foi a única que faltou ontem.

Ele pegou da mesa dois capacetes. Um deles ele jogou para mim, eu peguei no reflexo e disse:

— Poderia ter caído no chão.

— Se quebrasse, você me daria outro, apenas.

— Vamos.

— Estou surpresa. Já acabou a parte teórica?

— Sim. A parte teórica dura dois dias, o restante é prática; não tem muita coisa. Agora basta ler a apostila para você passar na prova da Marinha e conseguir a carteira.

— Mas você deu pouco assunto.

— Sim, o restante você lê e, se tiver dúvida, é só perguntar. O importante é você saber pilotar bem. Porque a teórica você faz em casa.

Ele colocou o capacete e olhou para mim.

— Eu dei o capacete para colocar e não para ficar com ele na mão.

Ele riu, se sentou na moto e eu me sentei logo em seguida, colocando minhas mãos em volta de sua cintura.

— Segura direito, senão você vai cair. Aí eu vou rir e depois te levar para o hospital.

Pressionei minhas unhas nele como se fosse um gato assustado.

— Ei, nada de unhas! — Ele gritou.

— Só fiz o que você falou. — Dei uma risadinha.

— Você sabe muito bem o que eu quis dizer, sem graça.

Ele deu partida e foi dirigindo muito rápido. Eu quase não enxergava nada pela dificuldade de deixar os olhos abertos por causa da ventania.

— Vai mais devagar! — gritei.

— Quê? Não ouvi nada!

Desci da moto e apovolvi o capacete para ele.

— Você deveria ir mais devagar.

— Está com medinho?

— Poderia ter nos matado!

— Não exagera.

— Você é um louco.

Nos aproximamos da represa. Luiz e Marcela estavam conversando. Os dois jets skis estavam estacionados.

— Bom dia — falei tímida.

Luiz devia ter seus 28 anos, ele era alto, moreno claro com drads no cabelo. Seus olhos eram castanho-claros.

— Podemos começar, madames? — perguntou Carlos alto demais, se empolgando.

— Sim! — falamos eu e a outra garota juntas.

Cada um dos instrutores deu um colete salva-vidas para usarmos. Luiz os tirou de sua mochila. Eles também estavam colocando; Luiz e Marcela foram os primeiros.

Eu sentei no jet ski, estava ansiosa e com medo de algo dar errado.

— Vou ter que explicar como funciona. Preste atenção, se não entender, pergunte, só iremos sair quando não tiver nenhuma dúvida, tudo bem?

Apenas balancei a cabeça. Estava prestando atenção em cada palavra que saía dos seus lábios.

Na hora que encostamos, eu pulei do jet ski.

— Fui péssima.

— Foi o seu primeiro dia. Irá melhorar, prometo.

— Vocês homens sempre fazendo promessas que não dependem de vocês.

Ele riu.

— Ok, depende de você, mas estou aqui prometendo porque acredito no seu potencial.

— Obrigada.

Na hora que virei, vi Renato de longe. Ele estava perto do atalho para sair dali e ir para a estrada. Ele veio na minha direção. Eu não esperava por isso, porque sempre nos encontrávamos no mesmo lugar.

— Estou surpresa.

— Essa era a intenção, mudar um pouco a rotina para não cairmos na alienação. Obrigado por ter cuidado dela. — Ele pegou na minha mão e puxou para perto de si.

— Não precisa agradecer, é o meu trabalho garantir a segurança de todos os meus alunos. Aliás, é até irônico você agradecer, como se você se preocupasse com o bem-estar da jovem Manoela.

— Me desculpa, mas você não me conhece para afirmar esse tipo de coisa que acabou de falar.

— Você não é o namorado dela.

— Chega! — gritei.

Os dois pararam de se encarar e olharam para mim.

— Vamos embora.

Peguei na sua mão e saí andando em direção à estrada.

— Manu, o que foi tudo aquilo?

— Na verdade é você que me deve uma explicação pela sua atitude.

— Eu não, quem começou foi o seu professor! — Ele falou gritando.

— Pare de gritar porque nem meus pais gritam comigo dessa forma, e não seria você essa pessoa.

— Desculpe, apenas fiquei nervoso.

— Você está com ciúmes?

— Sabe o que eu percebi te olhando com ele? Sua vida vai ser melhor com ele do que comigo. Vocês podem dar certo, já a gente é impossível. Tem toda uma legislação e cultura envolvida.

— Não estou interessada no Carlos.

— Você está desperdiçando uma chance de ser feliz.

— Por que não vou ser feliz ao seu lado e tenho que procurar outro?

— Não é que eu não queria, eu quero muito deixar tudo o que eu faço hoje por você, mas a sociedade e outras pessoas vão julgar.

— Pare de se importar com as pessoas.

— É mais complicado do que parece, você não imagina, porque você não faz ideia do que se trata.

— Lógico, você não me fala, não confia em mim! — gritei.

— Não é essa a questão de confiança, tenho vergonha, e você nunca mais vai querer olhar na minha cara, eu não suportaria uma situação dessa.

— Eu ainda estou te vendo porque no fundo acredito que podemos nos entender e enfrentar as dificuldades juntos. Por favor, vamos parar por aqui?

— Sim, também não estou gostando.

— Obrigada.

— Para onde você quer ir?

— Não faço ideia.

— Como a senhorita não tem sugestão para um casal normal de ficantes, vou te levar para um lugar lindo.

Entrando no carro, vi no banco de trás um buquê de rosas vermelhas. Peguei e tinha um cartão em cima das rosas. Abri e estava escrito:

"Querida Manu, desculpe pelas coisas que falei. Sei que te deixo confusa em relação a nós, mas para que eu tome esta decisão tenho que saber se você tem certeza de que quer ficar do meu lado, se você está realmente segura de sua decisão. Senão também irá afetar toda a minha rotina, terei que deixar a vida que levo hoje para estar do seu lado, irei abrir mão de uma porção de coisas, especialmente de algo que passei a vida inteira fazendo porque é um dom que Deus me deu, mas que mudou toda a minha vida. Se eu abrir mão por você, quero que a gente se case num sítio."

Dobrei o papel e olhei para ele.

— Olha, eu tenho certeza que eu quero ficar com você, mas eu não quero que você abra mão da sua rotina só porque me conheceu, seja o que for. Quero que continue fazendo algo que goste, que ame. Você consegue conciliar sem abrir mão de uma das duas coisas importantes na sua vida?

— Não posso. Um dia irá entender.

— Vou deixar você pensar mais um pouco, depois voltamos para essa conversa, tudo bem? Para você não se arrepender, porque, pelo que você está me dizendo, é algo que depois não tem volta.

— Exatamente, não tem volta.

— Vai me levar para onde? — perguntei curiosa.

— Você verá.

Ficamos em silêncio por todo o caminho, até que vi que estávamos saindo de Nazaré Paulista.

— Para onde estamos indo? — falei surpresa.

— Está com medo?

— Não.

Ele parou em um sítio. Os portões estavam abertos. Tinha uma placa de madeira onde estava escrito: "Seja bem-vindo ao Paraíso".

Um pouco mais adiante tinha outra placa.

"Aqui você esquece seus problemas e as dificuldades. Siga em frente."

Passamos por outra que somente tinha três palavras:

"Aproveite a diversão!"

Tinha várias árvores. Eu conseguia ouvir o som de passarinhos cantando, só não conseguia vê-lo. Avistei uma piscina onde havia algumas pessoas e outras deitadas na beira sobre suas toalhas tomando banho de sol. Ele estacionou o carro e saímos.

— Este lugar é lindo!

— Fico feliz que gostou. Em Atibaia existem vários sítios. O que você gostaria de fazer aqui?

Ele perguntou pegando em uma das minhas mãos.

— Não sei. Quais são as opções?

— Mergulhar na piscina, andar a cavalo, tirar leite de vaca, fazer trilha, jogar pingue-pongue.

— Sou péssima em todas essas coisas.

— Qual você escolhe?

— Podemos andar a cavalo e fazer trilha.

— Ótimas escolhas, senhorita.

Viramos a escada e começamos a andar. Tinha um senhor com chapéu de caubói branco e estava com um cavalo, ele estava se preparando para montar. E havia uma garota ao lado.

Ela tinha cabelos negros ondulados, subiu no cavalo e saiu cavalgando com ele. Ela devia ter seus 23 anos.

Nos aproximamos do senhor.

— Boa tarde — falei.

— Boa tarde, jovens. Irei preparar os cavalos para vocês.

Ele parecia gostar do que fazia. Era um senhor feliz e parecia saudável. Ele abriu a portinha onde estava um dos cavalos. Era um cavalo preto, cuja sela já estava colocada.

O senhor disse:

— Primeiro as damas. — Ele me deu o cavalo. Comecei a acariciá-lo. O animal relinchou.

Renato me puxou para longe do cavalo.

O senhor gritou:

— Calma! — E estendeu as duas mãos para cima.

— Ele me assustou.

— Fez isso não para agredir, mas para retribuir, pois ele gostou.

— Eu acho que esse cavalo não é tão manso quanto deveria. Acho ele perigoso.

— Não precisa se preocupar, meu bom rapaz, trabalho aqui há anos me dedicando a este lugar. Pode confiar neste velhinho. Esses animais nunca machucaram ninguém, são treinados.

— É, Renato, relaxa, confia nele, ele tem prática e já explicou a atitude do cavalo.

Ele me olhava com uma expressão facial de que estava achando uma péssima ideia andar a cavalo.

Me aproximei bem devagarzinho. Ele apenas ficou me olhando. Olhei para Renato e sorri, mostrando para ele que estava tudo sob controle.

— Obrigada, senhor. Desculpe, mas qual é o seu nome?

— José.

— Ah, sim, obrigada, senhor José.

— De nada, minha jovem.

Ele entregou o outro cavalo, um animal marrom, para Renato. Em seguida, abriu um sorriso e falou:

— Bom passeio, meus jovens.

Nós agradecemos e partimos lado a lado.

— Eu montada neste cavalo lembro de quando vínhamos para Nazaré nas minhas férias e meu pai me colocava no cavalo e minha mãe tirava fotos. Eu montada e ele de pé segurando. O cavalo dava pequenos passos.

— Você teve uma infância feliz.

— É, não posso reclamar. E como foi a sua infância?

— Nada de mais. Morei com meus pais, eu e meus dois irmãos; sou o irmão do meio. Na minha adolescência meu pai estava traindo a minha mãe. Eles acabaram se separando, no começo fiquei com raiva do meu pai e tinha nojo de olhar na cara dele por ter feito uma coisas dessas, mas sabe, com o tempo aquela raiva passou e foi diminuindo. Sem contar que o pecado foi dele, que foi infiel com sua esposa. Como pai, sempre esteve presente na minha vida e na dos meus irmãos, mas eu o recusava, é difícil lidar com uma situação dessa, é muito complicado. Até hoje ele continua com essa mulher. Hoje posso falar que minha relação com ele é boa.

— Eles tiveram filhos?

— Sim. Uma menina, a Júlia, mas veio a falecer com seus 13 anos, vítima de leucemia. Não gosto de lembrar do meu passado.

— Nosso passado é importante porque é ele que determina quem somos hoje e o porquê de nossas atitudes.

— Gostei de suas palavras.

Já estávamos longe de tudo, só tinha grama, não havia árvores. Ele parou seu cavalo e me ajudou a descer do meu me colocando no chão e começou a passar a mão no meu rosto.

— Como eu queria você para mim. Para sempre.

— Não tem nada que te impeça, porque por mim já sou seu, Manoela.

— Tá começado a escurecer.

— Tem medo de escuro?

— Não, mas é que já vai ficar noite e você vai ter que ir para sua reunião.

— Eu vou, mas você irá ficar aqui num quarto, quando acabar venho para cá ficar com você.

— Não vai me esquecer aqui?

— Jamais, eu te prometo. Eu sei que aqui estará segura.

— Do quê?

— De tudo. De bandidos, tarados. Mesmo aqui sendo interior é melhor não confiar.

— Amanhã levantamos cedinho e fazemos a nossa trilha.

— Mas preciso ir para a aula amanhã.

— Um dia só não tem problema. Vamos voltar.

Ele me ajudou a subir no meu cavalo e depois subiu no dele. Fomos em silêncio o caminho todo. Acredito que ele não gostou que toquei no assunto da minha aula, por causa do instrutor, que estava dando em cima de mim. Pelo seu rosto, ele estava com ciúmes quando falei que tinha curso. Ele lembrou do cara. Com certeza depois da cena que viu hoje, ele deveria pensar que o importante era que eu não tinha interesse no outro.

Senhor José estava sentado numa cadeira de balanço. Quando ele nos viu, já foi levantando e abrindo um enorme sorriso.

— Meus jovens, já voltaram, que alegria vê-los novamente!

— Alegria é a nossa — falei.

— Quando vocês foram embora, fiquei aqui pensando, tentando lembrar, mas infelizmente não consegui. Às vezes, meus jovens, me falha a memória, é coisa da idade quando ela vem chegando, um dia vocês saberão do que estou falado, quando tiverem a minha idade.

— O que o senhor gostaria de lembrar?

Ele apontou o dedo para Renato.

— Ele.

— O que tem ele? — perguntei surpresa e olhei para Renato.

Ele parecia também não estar entendendo, estava confuso assim como eu estava.

— Seu rosto é familiar, já te vi em algum lugar. Tenho certeza absoluta, mas não foi aqui, você não estava com esse tipo de vestimenta, estava com outra. Tanto eu quanto você sabemos do que estou falando.

O rosto do senhor era de reprovação.

— Do que ele está falando?

— Desculpe, minha pequena jovem, mas ele sabe do que estou falando.

Olhei para ele em busca de respostas.

— Desculpe decepcioná-lo, mas o senhor está me confundindo com outra pessoa. Como o senhor mesmo falou, tem falhas na memória.

— Pelo que eu percebi, ele realmente estava afirmando — falei.

José parecia indignado com a resposta.

— Como consegue agir tão naturalmente, fingindo dessa maneira?

Ele me pegou pelo pulso e saímos de lá andando às pressas.

Até que o velho falou novamente e fez com que Renato ficasse imóvel.

— Senhor Orteno.

Renato estava com uma cara de surpresa. Olhei para José, ele estava ainda de pé com os braços cruzados, enraivecido.

Naquele momento vi que realmente alguma coisa estava acontecendo e Renato e o senhor José sabiam de algum segredo.

— Vamos embora — falou o rapaz.

— Mas você que parou.

Ele ainda estava com raiva.

— O que foi tudo aquilo?

— Ele está louco, aquele velho — falou nervoso.

— Ele tem certeza do que está dizendo, e sua expressão facial te entregou.

— Olha, não me irrita, esqueça tudo aquilo. Vamos falar de outra coisa?

Apenas respirei fundo e nada disse.

— Pode ir, não precisa me levar até o quarto.

— Não posso te acompanhar?

— Você precisa ir para o trabalho. Pode me deixar que eu vou sozinha, apenas me dê a chave.

Ele colocou a mão no bolso de trás e tirou a chave, me entregando. Tinha um chaveiro que era do quarto 98.

Ele deu um beijo e foi embora. Esperei-o sumir da minha visão, eu não iria para o quarto como ele sugeriu. Eu iria falar com o senhor José.

José estava acariciando um dos cavalos que estavam presos.

— Senhor.

Ele olhou para mim e sorriu, não parecia que estava com raiva de Renato.

— O que posso fazer por você, minha querida?

— De onde você conhece Renato?

— Sr. Orteno, minha querida, não posso dizer. Mas dou um conselho para você, minha jovem. Ele não é isso que aparenta. Isso é uma identidade que ele criou. Afaste-se dele.

— Eu o amo. Não quero me afastar dele. Quero conhecer o verdadeiro Renato.

— Terá que descobrir sozinha, pois eu já dei o meu conselho.

— Pelo menos me diga, por favor.

— Assista a uma missa. Reze para Deus, que verá a revelação.

Então, ele simplesmente saiu andando. O que ele falou não ajudou em nada, apenas tornou o ponto de interrogação na minha mente ainda maior. Ali percebi que não tinha mais nada para mim, portanto o melhor era me recolher ao meu quarto e dormir, para espairecer os meus pensamentos.

Acordei com o despertador. Olhei para o outro lado da cama, Renato estava sem camiseta e virado de lado de costas para mim. Levantei, pulei da cama e peguei uma blusa de cima da mesa, e junto a ela tinha um bilhete.

“Comprei para você. Espero que goste.

Com amor, Renato.”

A blusa era bege sem estampa e de regata. Olhei no espelho, não gostei dela no meu corpo, pois me mostrava sem vida e apagada.

Peguei minha bolsa, olhei mais uma vez em direção da cama e saí em silêncio. Enquanto saía, vi que só havia funcionários, os hóspedes ainda estavam dormindo.

Desci correndo para chegar na represa, Carlos me olhava com um olhar de reprovação.

— Chegou atrasada! — falou nervoso.

— Desculpe, me atrasei — falei eufórica.

Ele me deu as costas, pegou sua mochila, tirou uma garrafa d'água, colocou num copo descartável e me deu.

— Obrigada.

— Você estava precisando. Vai se sentir melhor, beba, está gelada. Desculpe como falei com você por ter chegado atrasada. Percebi pelas suas palavras que veio correndo para evitar, quase não conseguiu falar.

— Não devemos julgar antes de conhecer.

— Mais uma vez peço sinceras desculpas. Vou aprender a observar.

— Ok.

— Podemos começar, Manu?

— Sim. Quero te pedir uma coisa. Eu quero pilotar sozinha sem você para me auxiliar.

— Ainda está cedo. Você começou ontem.

Peguei na sua mão, olhei em seus olhos e falei devagar:

— Deixe-me tentar.

— É muito arriscado.

— Não confia em mim?

— Confio, o problema é a sua segurança. Sei que você consegue, pois é uma menina que presta atenção e é muito inteligente. O problema é que essa área pode ser mais perigosa do que parece mais à frente.

— Mas eu já disse que me sinto segura e vou conseguir.

— Droga, Manoela, e se você não conseguir? Qualquer falha sua pode acabar com a sua vida! — falou nervoso.

— Se eu não tentar e você não deixar, nunca vamos saber.

Ele estava vermelho de raiva, dava para ver nos seus olhos. Ele passou a mão direita no rosto e falou:

— Você venceu. Vou deixar com uma condição.

— Diga — falei rápido demais.

— Pegarei o jet ski do Luiz e vou te acompanhar, estarei atrás de você. E você no jet ski que estávamos usando ontem. Porque se acontecer alguma coisa vou estar perto de você para te socorrer.

— Tudo bem.

Os dois jet skis estavam parados nos esperando, estávamos indo na direção deles.

— Manu! — Alguém gritou.

Eu e Carlos olhamos para atrás. Era Renato.

— O que faz aqui? — perguntei surpresa.

— Pensei que tínhamos combinado que hoje o dia seria só para nós dois, sem aula.

— Mas eu decidi vir, não posso perder aula.

— Já que você decidiu vir para a aula, resolvi te fazer uma surpresa vindo aqui e assistir você pilotar. Preciso mudar meu conceito de que isso é perigoso.

— Fico feliz.

Peguei o colete salva-vidas que estava em cima do banco do jet ski e coloquei em mim, Carlos também estava colocando o dele. Sentei.

— Peraí — falou Renato fazendo com a mão o sinal de pare.

— O que foi?

— Você vai sozinha?

— Sim.

— Relaxa, estarei atrás dela. Serei cuidadoso.

— Não acho uma boa ideia.

— Eu pedi, Renato, estou segura.

— É uma péssima ideia.

— Cara, falei a mesma coisa, mas ela é muito focada no que quer.

— Manu, pelo amor de Deus, repensa isso.

— Parem, vocês dois! Acham que eu não posso, mas eu sei que vou conseguir, apenas respeitem a minha escolha, é tão difícil? — Vieram lágrimas nos meus olhos e eu limpei rapidamente.

— Tudo bem, amor, vai.

Ele se inclinou e me deu um selinho. Como se fosse uma oferta de paz entre nós dois.

— Apenas tome cuidado. — Sua voz revelava preocupação.

Era contra a vontade dele aquela minha atitude, mas Carlos e Renato sabiam que quando eu colocava algo na cabeça ninguém tirava.

— Manu, presta atenção, se concentra somente no aqui — falou Carlos praticamente gritando para eu poder ouvir, já que ele não estava ao meu lado.

Liguei o jet ski e saí. Quando comecei a pilotar deu um frio na barriga e nas pernas, subiu um arrepio, mas logo foi passando e cada vez mais fui me sentindo segura. Decidi aumentar a velocidade. Logo Carlos apareceu ao meu lado um pouco distante gritando algo que eu não estava entendendo.

— Não estou ouvindo! — gritei de volta.

Eu acabei me distraindo tentando me comunicar com Carlos e não vi que à frente tinha uma curva, perdi o controle e o jet ski tombou do mesmo lado que caí.

Carlos, desesperado, parou o jet ski dele e deu um mergulho onde eu tinha caído. Ele me encontrou e pegou no colo. Meus olhos estavam querendo fechar.

— Manoela, não feche esses lindos olhos, por favor, te peço, fica olhando para mim.

Senti minha mente ficar toda entorpecida. Ouvia gritos de Carlos me chamado pelo nome, mas não conseguia mais abrir os olhos, me sentia mole e fraca.

Abri meus olhos bem devagarzinho, eles estavam pesados e eu tinha dificuldade de mantê-los abertos.

— Filha, graças a Deus, abriu os olhos! — falou minha mãe levantando da cadeira com um pulo.

Olhei ao redor do quarto, que era pequeno. Havia uma televisão desligada e só tinha nós duas ali.

— Como se sente?

Olhei de volta para minha mãe.

— Fraca, com dor de cabeça. Tem algo me incomodando, não consigo respirar direito.

— O médico falou que é normal, entrou água em seus pulmões, mas logo volta ao normal.

— Tem que tirar a água, então.

— Querida, o médico já fez uma cirurgia para tirar a água dos seus pulmões. Você engoliu muita. Mas já está bem.

— Quanto tempo fiquei dormindo?

— Em torno de 10 horas.

— Nossa! — falei espantada.

— Vou pedir para trazer comida para você.

— Não estou com fome.

— Precisa se alimentar.

— Mais tarde.

— Olha, sei que já é grandinha, mas, querida, é para seu bem.

— Mais tarde eu como, já falei.

— Ok, não vou forçar.

— Cadê o pai?

— Foi na lanchonete.

— Já comeu?

— Sim, estamos revezando para você não ficar sozinha.

— Cadê Renato e Carlos?

— Estão lá fora, sentados no banco esperando você acordar. Aliás, foi bom você tocar nesse assunto, precisamos conversar.

— Pode falar — falei revirando os olhos.

— Você não me contou que estava namorando.

— O quê? — fiquei surpresa.

— Isso mesmo — falou cruzando os braços.

Se eu tivesse tomando algo ou comendo, teria me engasgado.

— Filha, sei que você não me conta tudo, mas acho que isso eu deveria saber. Aliás, ele não é velho para você?

— Sabe que sempre gostei de homens mais velhos. Sei que é algo que você não aceita, mas vai ter que conviver com isso. Estamos nos conhecendo aqui.

— Ele veio se apresentar para mim e seu pai sendo que nem sabíamos da existência dele. Senti que ele ficou completamente desconfortável diante da situação.

— Quanto exagero, mãe!

— Me respeita! Tem mais alguma coisa que eu deveria saber?

— Que eu me lembre, não.

— Você poderia ter morrido hoje, por sua teimosia. Carlos sabe o que fala, se ele disse "não", quero que respeite. Aprenda a ouvir as pessoas mais velhas. Isso poderia ter sido evitado, foi sua culpa.

— Fala comigo dessa maneira como se eu fosse uma criança! — gritei.

— Você é uma criança ainda, tendo esses comportamentos.

— Apenas pare! — gritei.

Minha mãe ia fazer outra crítica, ela abriu a boca, mas foi cortada. Quando uma voz falou:

— Senhora Miranda, acho melhor ir tomar um café — falou Renato deixando a porta aberta.

— Obrigada, estou mesmo precisando para aguentar Manoela.

Ela saiu e bateu a porta.

— Obrigada por ter me salvado dela.

— Vi que a coisa estava ficando séria, pelo seu grito. Fico feliz por ter parado uma discussão. Como se sente?

— Com dor de cabeça e fraca.

— E ainda gasta suas energias gritando. — Ele riu.

— Ela me deixou nervosa.

— Ela só quer seu bem.

— Sim, eu sei, não precisava me lembrar. E por favor não comece falando que você estava certo, que era muito perigoso, que ainda não era a hora...

— Não irei falar nada disso. Eu fiquei tão preocupado com você.

— Foi tão rápido, em questão de segundos, não consegui controlar, saiu tudo do meu controle — falei quase chorando.

Ele veio até mim e pegou na minha mão, falando:

— Por favor, não lembre, senão vai se machucar, o importante é que está bem.

— Obrigada pelas palavras, você me faz sentir tão bem.

— Queria que fosse sempre assim. — Ele falou olhando para o chão.

Notei que a voz dele estava com um tom de chateado.

— E pode ser — falei sorrindo.

— Espero que seja.

— Você ligou para minha mãe?

— Não, foi Carlos, ele pegou seu celular e ligou no número da sua mãe.

— Por que falou para meus pais que somos namorados?

— Porque é assim que me sinto em relação a você, quero algo sério entre nós. Me imagino casado com você.

— É que às vezes você é muito inseguro em relação à gente, estou surpresa, mas de certa forma eu caí por causa do Carlos, ele tirou minha atenção tentando me dizer algo e eu não ouvi. Quando tinha que virar, eu não vi, porque estava tentando falar com ele. Então por causa dele eu caí.

— Olha, odeio concordar com Carlos, mas você está errada, ele estava te falando para diminuir a velocidade, você estava indo muito rápido e, mesmo que ele não tivesse falado com você, você não ia conseguir virar na curva, acabaria caindo por causa da alta velocidade, que não conseguiria diminuir a tempo. Parece que ele estava errado, mas se analisar melhor vai ver que quem errou foi você.

— Não tinha visto dessa forma, vocês estão certos. Odeio admitir que estou errada em algo, esse é um dos meus defeitos.

— Também tinha visto da mesma maneira. Por isso quando chegamos aqui brigamos.

— Vocês vivem discutindo.

— Lógico, ele está a fim da minha namorada.

— Já falei, para de ser bobo, com ciúmes, meu coração já pertence a você desde a primeira vez que te vi.

Ele me deu um beijo.

— Coloquei uma cópia da chave da casa onde eu estou, se quiser ir para lá quando sair do hospital. Está dentro da bolsa. Carlos vai entrar.

— Obrigada.

Carlos entrou rapidamente, fechou a porta e já estava ao lado da minha cama.

— Me desculpe, sou um péssimo instrutor, jamais deveria ter deixado você me convencer , mesmo que você ficasse com raiva de mim pelo menos não teria colocado sua vida em risco.

— Carlos, a culpa não foi sua, somente minha. Por favor, você é um bom professor, eu que sou uma péssima aluna. Em busca de aventura. Eu e minha teimosia, esqueça isso, estou bem, foi minha responsabilidade. E não sabia que Nazaré Paulista tinha hospital.

— E não tem. Você está em Atibaia, que era o mais próximo. Eu vou indo.

— Obrigada pela visita e por ter me socorrido.

— Você é minha aluna, não precisa agradecer.

Meus pais entraram.

— Essa é a minha garota — falou meu pai piscando e sorrindo.

— Não faça dessa maneira, senão você está apoiando sua teimosia.

— Por favor, podemos esquecer isso? Não quero brigar com você.

— Podemos falar de Renato?

— Não estou a fim de falar dele.

— Brigaram?

— Não, estou cansada.

— O médico falou que amanhã de manhã passará aqui para ver você e te dará alta.

— Nossa, ele deveria vir hoje, não amanhã.

— Não tem só você de paciente. E amanhã você voltará para casa conosco.

— Não, vocês irão me deixar em Nazaré, ainda não acabou o curso.

— O quê? Quase morreu hoje e ainda quer continuar?!

— Sim , mas desta vez só pegarei o jet ski sozinha quando Carlos vir que está tudo bem.

— Faça o que quiser.

— Não quero te irritar, é apenas minha opinião e precisa respeitar.

— É, Miranda, ela está certa.

— Obrigada, pai, pelo reforço.

Capítulo 3

Meus pais tinham acabado de me deixar em Nazaré. Eles voltaram para nossa cidade, mas a minha mãe me fez prometer telefonar caso acontecesse alguma coisa comigo.

Fui para a lanchonete onde Juliana trabalhava. Sentei numa das mesas, o lugar ainda estava o mesmo da última vez que estive ali.

— Boa tarde.

— Olá, Juliana.

— O que gostaria de pedir?

— Café.

Ela voltou com uma xícara e colocou na minha frente.

— Posso?

A garota perguntou se podia sentar na cadeira da minha frente.

— Por favor.

— Pensei que tinha me esquecido. — Ela abaixou a cabeça.

— Não te esqueci. Apenas estive ocupada.

— Entendo.

Sua voz parecia chateada.

— Olha, gostei muito de você e já te considero uma amiga minha.

— Sério? — falou animada.

— Sim, parece triste. Quer contar o que está havendo?

— Estou bem.

Abri a minha bolsa, peguei minha agenda e minha caneta e anotei. Estendendo para ela o pedaço de papel.

— Logo, logo estarei indo embora. E não quero perder o contato com você. Aqui está meu celular, telefone fixo e minha rede social. — Falei e pisquei para ela.

— Nossa, obrigada.

— É isso que as amigas fazem.

Juliana pegou na minha mão e falou:

— Você não sabe o quanto isso é importante para mim.

— Para nós. — Sorri.

— Já está escurecendo. O que tem para fazer?

— Na verdade, nada. Tem algo em mente?

— Sou católica.

— Eu também.

— Legal. Eu, minha mãe e minha avó vamos à igreja. Quer ir conosco?

— Claro, seria um prazer. Você acha que elas não irão se incomodar com minha presença?

— Claro que não, você irá gostar delas.

— Eu ainda não tive tempo de ir na igreja daqui.

— Você vai gostar, não é o padre local que está dando missa, e sim um de fora, que irá ficar esse mês todo aqui.

— Qual é o nome dele?

— Não me lembro, mas eu e minha avó fomos conversar com ele, é super educado, uma boa pessoa. Pena que é padre. — Ela riu. — Você me entende, não é mesmo?

— O que você quis dizer com esta frase " pena que é padre"?

— Ele é bonito, charmoso, mas não ficaria com ele nem se não fosse padre, pois é velho demais para mim.

Veio uma mulher, que era a mãe da menina. Colocou uma de suas mãos no ombro de Juliana e disse:

— Filha, vai indo na frente, pegue a missa das 19h. Eu e sua avó pegaremos a outra.

— Ok, mamãe.

— Passa no débito para irmos.

— Mãe, passa para mim, preciso ir no toalete. — Ela falou se levantando.

— Filha, está tudo bem?

— Sim.

— Manoela, a minha filha falou muito bem de você, sua amizade é importante para ela. Me preocupo com Juliana, ela sempre foi uma menina reservada, tímida, tem dificuldade de fazer amizades. Ela já foi muito machucada por amigas que lhe viraram as costas, e o namorado dela a deixou por outra garota.

— É complicado, sinal que não a amava, ela vai achar alguém para ela. Ela é uma menina boa e doce.

— Espero. Aí está seu cartão, transação aceita.

— Pronto, podemos ir — falou entregando o avental rosa para sua mãe.

— Espero que minha mãe não tenha te incomodado falando de mim.

— Não, sua mãe é legal. Muito simpática.

— Conheço minha mãe, ela deve ter falado as mesmas coisas de sempre de mim.

— Ela está te protegendo.

— Eu não gosto de ser assim, essa pessoa.

— Primeiro tem que amar a si mesma. Amor-próprio em primeiro lugar, sempre.

— Você até parece ela... — Não completou a frase.

— Quem?

— Nada. Apenas vamos esquecer isso.

— Tudo bem, é importante para todos que amam você; nunca se esqueça que você é muito amada.

— Mas não tenho o tipo de amor que procuro.

— Você terá um dia, certeza.

Ela colocou a mão no bolso de trás, tirou um papel quadrado rosa e deu para mim.

Era um convite no qual estava escrito "Meu aniversário de 16 anos". Estava amassado.

— Espero que você compareça. Vai ser na minha casa.

— Irei, sim.

— Vai ser na próxima sexta.

— Ok, podemos tirar uma foto?

— Sim, me passa.

— Claro.

Chegando na igreja, tinha bastante gente do lado de fora e as pessoas cumprimentavam as que estavam chegando e todos ficavam conversando.

— Até parece que são todos uma família.

— Isso que dá morar em interior. Vamos entrar, a missa já vai começar.

— Calma — falei pegando pelo seu braço.

— O que foi?

— Aquele rapaz de casaco que está conversando com uma senhora, com um homem e uma mulher junto.

— O que tem?

— É a família dele?

— O quê? — A menina começou a rir.

— Conhece?

— Sim, todo mundo o conhece, e não é a família dele.

— De onde as pessoas o conhecem?

— Da igreja.

Não tinha ficado claro o que Juliana estava dizendo, mas achei melhor deixar quieto, não sei por que não queria ir até ele, tinha algo me impedindo, só não sei o que era.

— Podemos entrar agora? Senão vamos ficar sem lugar para sentar — choramingou.

— Claro.

A igreja era muito bonita por fora e por dentro. Por fora, ela era branca com amarelo e, por dentro, só branca. Já tinha bastantes pessoas sentadas, sentei no fundo.

— Vamos sentar mais na frente.

— Eu prefiro ficar aqui, se você não se incomodar.

Estava sentada distraída, olhando para minha unhas, quando ouvi todos ficarem quietos e o coro da igreja começou a cantar a música de entrada do padre. Nesse momento, todos se levantaram. Quando olhei na direção dos coroinhas passando primeiro, minhas pernas pareciam fracas, queria cair, eu não estava acreditado no que estava vendo!

— Não pode ser! Impossível! — falei e coloquei minha mão sobre a boca. A idosa ao meu lado olhou para mim com uma expressão facial de raiva. Juliana me cutucou e falou baixinho:

— Está tudo bem.

Meu coração queria sair pela boca, meus olhos encheram de lágrimas. Ela tocou na minha mão e falou:

— Nossa, você está gelada! — falou um pouco mais alto.

Todos sentaram, e finalmente pude sentar também, mas minha vontade era de sair da igreja correndo e procurar um lugar onde pudesse ficar sozinha com meus pensamentos e minha destruição com o que estava vendo.

O padre era Renato. Agora tudo fazia sentido, porque ele nunca queria falar sobre seus negócios, pois seus "negócios" eram na igreja, ou seja, dar a missa para os fiéis. Aquilo era algo imperdoável para mim e para a sociedade. Ele estava manchando a nossa religião. Lágrimas desciam pelo meu rosto. Ele me enganou e mentiu o tempo inteiro. Eu limpava as lágrimas que insistiam em cair.

Agora entendia o motivo de ele não pegar na minha mão nas ruas. Tinha medo de ser descoberto. Eu sabia que ele escondia algo, eu conseguia sentir, mas jamais pensei numa coisa dessas. Respirei fundo.

— Se quiser, podemos ir embora.

— Estou bem.

Estava sendo tão insuportável de ficar naquele ambiente por causa dele. Não conseguia prestar nenhuma atenção na missa. Queria que fosse um sonho, do qual eu fosse acordar naquele exato momento e ver que tudo aquilo não passou de um pesadelo, mas não podia, aquela cena infelizmente era real. Tudo se encaixava nas atitudes dele. A casa enorme para a qual tinha me levado era a casa da igreja, a casa paroquial. Isso explicava as imagens, quadros e outras coisas de religião. Por isso o senhor José estava tão bravo com o Renato, ele o tinha reconhecido, e Renato fez de conta que não sabia do que o senhor José estava falando. O senhor tinha me dado uma dica, eu que não consegui decifrar o código. Lembrei das palavras dele: “Assista a uma missa. Reze para Deus e verá a revelação”. Como eu pude ter sido tão idiota? Mas acredito que ninguém ia conseguir descobrir se não visse.

— Vamos pegar a eucaristia.

— Desculpe, mas hoje não.

Tudo aquilo tinha sido real para mim, mas ele estava brincando comigo o tempo todo. Ele não me amava como eu estava apaixonada por ele.

As pessoas estavam saindo, caminhamos e fui na direção de Renato, mas alguém me puxou.

— Aonde você vai?

— Quero ir ali naquele círculo onde estão aquelas pessoas. Quero ver melhor o padre.

— Você o conhece? Por que perguntou dele para mim mais cedo?

— O rosto dele é familiar, talvez eu lembre dele se eu me aproximar. Depois irei embora. Boa noite, Ju. Se a gente não se ver antes do seu aniversário. Eu vou estar lá.

— Promete? — falou animada.

— Prometo.

— Tchau.

Respirei fundo, entrei no círculo e me aproximei de Renato. Meus olhos encheram de lágrimas e chamei:

— Olá, padre Renato.

Ele olhou para mim e ficou imóvel.

Em seguida virei as costas e ele ainda ficou lá do mesmo modo, vendo-me ir embora.

Meu celular começou a tocar, olhei, era Renato, resolvi não atender. Deixei cair na caixa postal.

— Olha, sei que está magoada comigo, mas por favor deixe-me conversar com você. Estou te esperando aqui no portão. Eu ia te contar, só que apenas estava tentando ver o momento, não queria que soubesse dessa maneira. Queria que fosse da minha boca.

Enxuguei as lágrimas e comecei a caminhar para fora. Eu estava toda destruída por dentro. Eu queria ir até ele, abraçá-lo e esquecer aquelas imagens da minha cabeça. Por outro lado não queria vê-lo, estava magoada e algo dentro de mim me dizia para nunca perdoá-lo por mentir, fingir ser algo que não era e me enganar, mas não conseguia, o amor que eu sentia por ele era mais forte. Abri o portão e seu rosto era de tristeza.

— Manu.

Ele não conseguiu falar mais nada.

— Meu Deus, como você pôde fazer uma coisa dessa? Onde estava com a cabeça?! — falei gritando.

— Eu tentei te falar a todo momento, por isso estava sendo frio com você, porque eu sabia que jamais poderíamos ficar juntos. Nada do que aconteceu deveria ter acontecido. Eu fiquei em negação, mas outra parte de mim queria, mesmo sabendo que era errado. Lembra do que eu te falei na primeira vez que nos vimos na lanchonete?

— Você disse que nunca tinha sentido o que sentiu por mim. Disse que não acreditava no amor.

— Exatamente. Também falei que pelo menos não no meu mundo. Eu deveria voltar para a minha realidade. Por isso que perguntei se tinha certeza que queria ficar comigo para nos casar. Eu iria negar servir a Deus. Eu não ia querer mais ser padre por você, por isso falei que eu ficaria com você ou com o que eu amo fazer. Eu tinha que fazer a minha colha. Somente um poderia ocupar o meu coração. Queria que tivesse certeza da sua decisão.

— Eu poderia estragar sua vida! — falei gritando.

— Você jamais estragou a minha vida, eu apenas queria me afastar de você porque estava te protegendo. Mas não consegui , por isso que preciso dessa certeza.

— Não posso ter pedir para escolher a mim.

— Eu não tenho escolha.

— Eu não posso fazer você escolher a mim e deixar de fazer o que você ama, é como se eu te pedisse para se sacrificar.

— Sim, eu amo a igreja, mas se eu ficar vou acabar infeliz, como se eu não tivesse opção.

— Estava bom demais para ser verdade que você era certinho, sabe que o que fizemos é pecado e vamos para o inferno.

— Não vamos, eu também sou humano, mesmo sendo padre também pratico o pecado como qualquer um.

— Mas você escolheu praticar o pecado, foi sua escolha, ninguém te forçou a nada, desde o começo você sabia que era errado até mesmo me olhar. Você sabia, eu não. Eu não sabia quem você realmente era; por isso você quis saber se eu era daqui, porque ficou com medo que eu fosse na igreja e te visse. É difícil de acreditar nisso. — Meus olhos estavam cheios de lágrimas novamente.

— Se você precisa de tempo, te darei o tempo que quiser.

— Você sabe que o que está me pedindo é um peso tão grande. Sua vida pode mudar do dia para a noite se eu disser sim. E se eu disser "não" será tudo mais fácil, eu continuarei com a minha vida do jeito que está e você continuará com a sua vida como se nada tivesse acontecido. No começo vai se horrível, mas depois caminharemos por caminhos diferentes.

— O que você quer dizer?

— Não sei! — gritei.

— Lembre-se que nem sempre o que parece ser o caminho mais fácil é o correto.

— Temos que fazer o que é certo.

— Esse é o certo. Qual é o seu medo?

Não consegui abrir a boca para pronunciar as palavras, parecia que meus lábios estavam colados.

Ele se aproximou de mim e falou:

— Se disser "sim", você sabe que muitas pessoas vão te julgar, vão te chamar de nomes inapropriados. Está com medo de ser julgada pelas pessoas porque no fundo sabe que elas estão certas.

— Somos adultos não podemos pensar como adolescentes.

— Não pensei que você era dessas.

— Dessas como?

— Que desistem fácil, pensei que me amasse, mas estou enganado. Aliás, você já tomou sua decisão, optou pelo caminho mais fácil.

— Estou vendo qual é o melhor para nós dois.

— Não, você não está vendo, porque em nenhum momento você me perguntou o que eu queria.

— Desculpe, mas você deixou bem claro que era para eu decidir, você deixou o peso todo nas minhas costas.

— Você não entendeu, porque eu quero largar a igreja para ficar com você. Se você me disser "não", eu continuo na igreja, mas, se você não percebe, a igreja é a minha segunda opção caso você não me queira. Eu sei de uma coisa: eu quero você, mas você me quer na mesma intensidade que eu amo você? Essa é a pergunta que você deveria fazer para si mesma. Como falei, deixarei você pensar.

Ele se aproximou do carro, olhou uma última vez para meu rosto e entrou.

O dia já tinha amanhecido. Estava caminhando para o portão quando vi dois carros da polícia passarem, José estava sentado na calçada, parecia pensativo e assustado ao mesmo tempo.

— Bom dia. — Me aproximei dele.

— O que houve? Parece que viu um fantasma.

— Sabe quando você se sente feliz a ponto de não conseguir acreditar que é verdade?

— Sim, mas quando as pessoas estão realmente felizes não ficam dessa maneira como você está.

Ele pegou o jornal que estava a seu lado e me estendeu.

"Garota que supostamente foi morta pelo ex é encontrada viva. Na noite de ontem, Karen conseguiu fugir da casa onde estava sendo mantida em cativeiro e estuprada. A família não quis dar mais notícias sobre o ocorrido."

— Karen não quer ver ninguém, está no quarto, quer ficar sozinha, acabei de ir lá.

— É normal, ela precisa de tempo. E de acompanhamento psicológico.

— Eu sei, o problema é que ela não quer ir.

— É, vai ter que esperar o tempo dela, que é diferente do nosso.

— Eu não consigo imaginar tudo o que aquela menina passou e como vai ser se recuperar de uma situação dessa.

— Somente o tempo mesmo e a ajuda de um bom profissional. Estou tão feliz que ela está viva!

— Também estou.

— Está feliz ou se sente aliviado que ela está viva e você não precisa mais ficar todo dia se culpando pela morte dela? Pelo menos assim você para de se torturar. Estar feliz e se sentir aliviado são sentimentos completamente diferentes.

— Chega, Manoela! — ele gritou.

— Desculpe, mas a verdade dói.

— Tenho medo que ela não consiga seguir em frente com esse fardo e decida se matar.

— Por que pensa uma besteira dessa?

— Porque a mãe dela acha que ela está com depressão. Falei para você que fui na casa dela hoje e conversei com a mãe dela. O problema é que a Karen não quer falar com ninguém, está se alimentado pouco e não quer ir ao médico. Como que vai ajudar uma pessoa dessa maneira?

— Terá que dar alguns dias para ela, tudo isso é muito recente.

— Esse é meu medo. De quantos dias ela vai precisar?

— Só o tempo irá dizer. Nem ela mesma sabe.

— A mãe dela falou que ela estava toda suja, machucada, com arranhões, partes roxas, roupas rasgadas. Parecia uma mendiga. O importante é que ela está viva e conseguiu fugir do cara. Os carros da polícia que passaram estavam indo na casa dela para fazer boletim de ocorrência. O problema é que agora não é o momento de fazer, porque ela não vai querer.

— É, eles terão que voltar outro dia.

— Eu vou esperá-la se recuperar e ficarei do lado dela.

— Você não pode ficar com ela por dó.

— Não é dó, eu sinto falta dela.

— Você precisa ter certeza para não voltar atrás em sua decisão. Será que você sente falta dela no amor ou na amizade? Precisa saber quais são os sentimentos antes de falar algo.

— Pode deixar.

Chegou o dia da festa de aniversário de Juliana. Eu estava usando um vestido branco com desenhos de borboletas azuis, meu cabelo estava solto e usava uma sandália branca.

Chamei Carlos para ir comigo à festa, já que não queria ir sozinha. O rapaz chegou na sua moto e entregou um capacete para mim.

Era uma mansão, o portão estava aberto, tinha poucas pessoas, e o jardim onde a festa estava acontecendo era enorme. A porta da mansão estava fechada. Era branca, com enormes janelas pretas.

— Não sabia que estávamos vindo numa festa de rico. O pior que meu vestido é ridículo, muito simples.

— Você está linda, ninguém notará sua roupa, somente sua beleza e ternura.

— Não me sinto melhor, mas mesmo assim obrigada pela tentativa.

— Tem certeza que a aniversariante está fazendo só 16 anos? Porque parece uma festa de adulto, está muito formal.

— Sim, tenho, ela é minha amiga.

— Parece festa de filme, só tem gente adulta. Cadê os amigos dela?

— Não sei.

— Sério? Essa festa está muito parada, devia ter contratado um DJ para fazer animação. Que festa ridícula.

— Pare de criticar — falei nervosa.

— Vou pegar uma cerveja. Se é que tem cerveja neste lugar.

Juliana veio e me abraçou.

— Parabéns, Ju.

Entreguei seu presente que estava numa sacola prateada.

— Você está linda! — falei.

— Obrigada, você também está muito bonita.

— Você deveria ter me falado que é rica.

— Por quê?

— Porque eu colocaria um vestido chique de festa. Estou ridícula com esta roupa.

— Não está, quero que seja você mesma e estou feliz por isso. Agora me diz esse gato é seu namorado.

— O quê? Não, somos amigos.

— Sei.

— Sério, eu e o Carlos não temos nada, eu apenas fiquei com vergonha de vir sozinha.

— Que é isso...

— Querendo ou não sou uma pessoa tímida.

A menina deu uma gargalhada.

— Sério?

— Não, estou zoando.

Ela abriu o presente, era uma blusa de manga com um short, ambos jeans.

— Obrigada, gostei.

— Fico feliz que gostou.

Juliana usava um salto alto rosa pink e um vestido da mesma tonalidade. Era cheio de detalhes e chique para festas. Seu cabelo estava soltos e cacheados. Estava realmente bonita, parecia uma princesa que saiu de um conto de fadas.

— Tem poucas pessoas.

— Foi o que falei, são minha família e amigos dos meus pais. Como falei, sou sem amigos. — Ela deu de ombros.

Me senti uma idiota por falar aquilo, não queria que ela se sentisse mal.

— Você demorou para chegar. Pensei que não viria.

— Eu falei que ia vir. Carlos se atrasou, a culpa foi dele.

— Obrigada por vir, fiquei muito feliz com sua presença.

— Amigas servem para isso.

— Olá, você deve ser a Juliana, estou certo? — falou Carlos se aproximando dela.

— Sim, eu vou ali falar com meu tio que acabou de chegar, se vocês me dão licença.

Apenas balançamos a cabeça.

— Você estavam falado alguma coisa importante?

— Não.

— Pensei que estava atrapalhado. Você e aquele cara terminaram? — falou mostrando todos os dentes.

— Não, apenas tivemos uma briga e eu não queria vir sozinha para a festa. Me desculpa, mas eu não quero falar sobre esse assunto.

Estava na praça, tinha decidido me encontrar com Renato. Ele encostou o carro, entrei, minhas mãos estavam suadas, fomos para a casa paroquial.

Olhei para os objetos, todos estavam no mesmo lugar. Lembro da sensação quando entrei naquela casa enorme pela primeira vez. Agora aquela sensação tinha passado, eu não sentia nada mais por aquele lugar.

— Eu quero estar com você , se você sente a mesma coisa, então podemos ficar juntos. O problema é que eu tenho medo de, mais para a frente, não ser como a gente imaginou.

— Vamos nos importar com o presente. Enfrentaremos juntos. Eu na verdade já renunciei à igreja no dia seguinte que conversamos.

— Como foi?

— Não foi fácil, mas deu certo. Sou um novo homem que vai começar uma nova vida com a mulher que ama. Eu posso ficar aqui até o último dia do mês, que foi o combinado. Eu não falei nada sobre você.

Ele me abraçou, era tão bom tê-lo comigo.

Um ano depois...

Muitas coisas mudaram. Estava caminhado pela manhã no parque. Era bom respirar um ar puro, natural. Andava devagar, não tinha pressa.

Era por volta das 11h da manhã, o sol já estava quente. Estava usando óculos escuros.

Duas pessoas estavam vindo na minha direção e outas três indo reto como eu. Ali era bastante movimentado.

Hoje, Renato está trabalhado como professor de filosofia de uma escola particular a duas quadras de casa, nós estamos casados há um ano. Temos uma filha de dois meses chamada Amélia. Trouxe ela junto comigo ao parque no seu carrinho de bebê rosa.

Karen aos poucos está voltado para sua rotina, um passo de cada vez. Ela e José voltaram a namorar.

Consegui tirar a minha carteira de motonauta pela Marinha. No começo foi difícil Renato contar sobre nós para sua família. Eles foram contra a ideia, criticaram e nem quiseram comparecer ao nosso casamento, que foi na praia; já a minha família não sabe sobre o passado de Renato e nunca vai saber.

Só quando eles souberam que iriam ser avós é que começaram a nos aceitar, e hoje Amélia é a nova joia deles.

Há um mês fui diagnosticada com câncer, que está no começo, e já estou fazendo quimioterapia. Fiquei tão mal quando o médico deu essa notícia, minha filha tinha acabado de nascer, mas no final Renato falou que eu ia me recuperar. Tenho esperanças que vou conseguir viver bastante, assim esperamos. Talvez esse seja o preço pelo pecado que cometemos, penso nisso todos os dias.

De uma coisa eu tenho certeza nesta vida: eu não vou conseguir ver Amélia crescer e se tonar uma adolescente. Eu sei que devo ter esperanças, vou lutar, mas sabemos que não é tão fácil assim. Amélia só me terá por alguns anos de sua vida. Renato terá que ser forte. Ele terá o apoio dos meus pais e dos pais dele para a nossa pequena princesa Amélia.

A vida não é um mar de rosas, sempre haverá desafios como essa doença e muitos outros. Um dia eu pensei que me casando com o Renato e com a chegada da nossa menina seríamos felizes para sempre como a nossa bela família, mas a felicidade está longe disso.

Sobre a Autora

Kelly Castelli nasceu dia 07 de Fevereiro de 1996 em Guarulhos, São Paulo, aquariana ama ler livros e assistir séries, autora começou escrever aos seus 15 anos, psicóloga formada na Universidade de Guarulhos UNG. Atualmente trabalha como psicóloga clínica.